U0134434

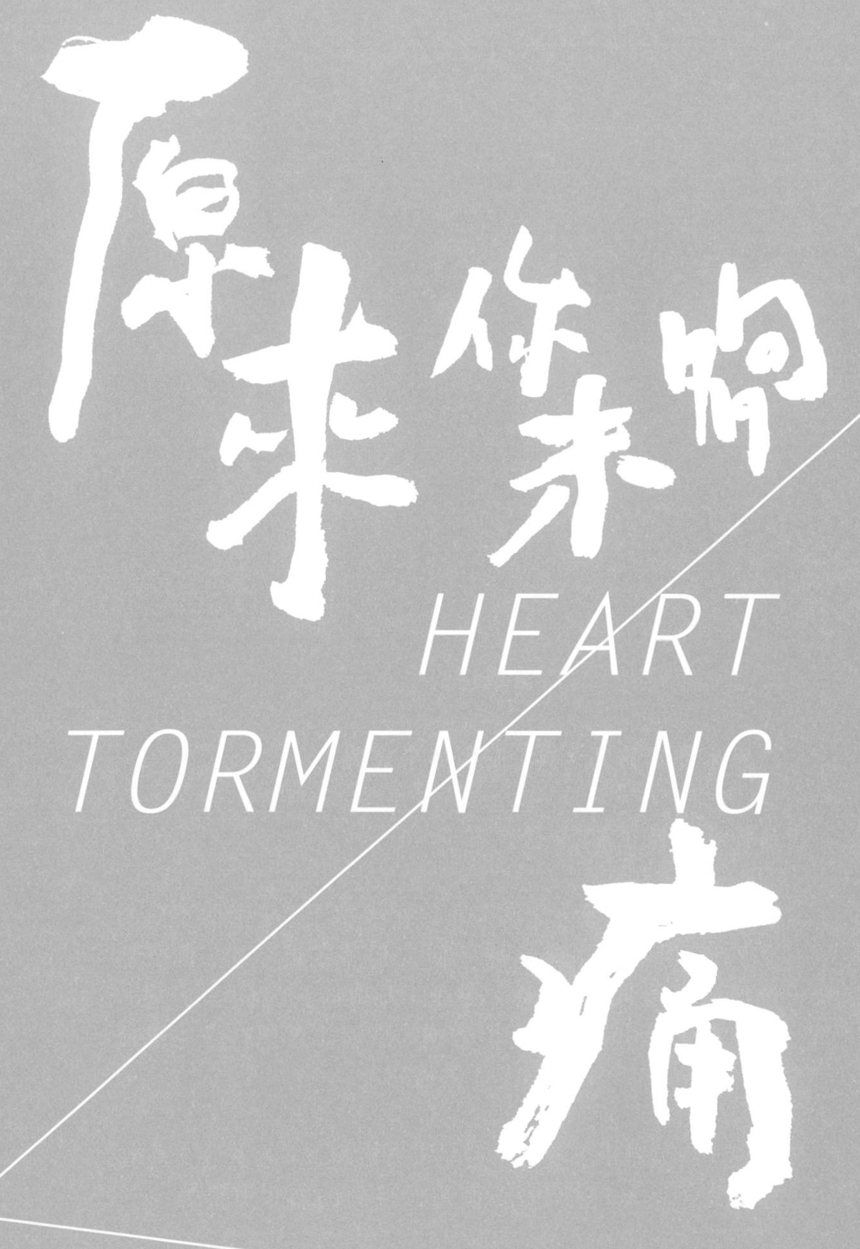
HEART
TORMENTING

HEART
/
TORMENTING

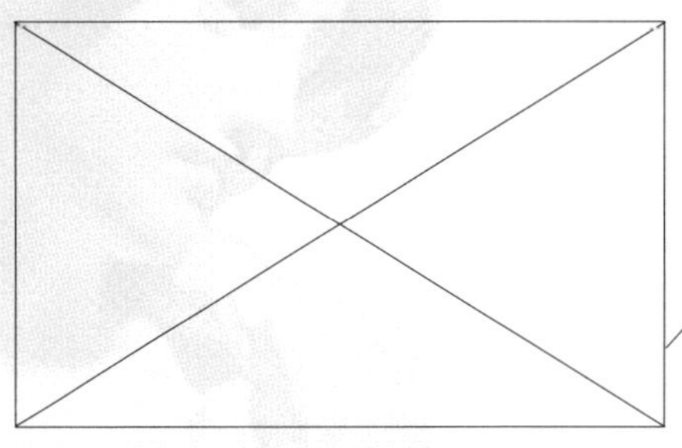

PREFACE

想書名的時候，有兩個選擇。

《**原來你未夠痛**》與《**原來你未痛夠**》。

最後我選擇了前者。

其實「未夠痛」與「未痛夠」用在愛情上，是兩個不同的意思。「未夠痛」就是被一個人傷害了很多次，但依然選擇繼續傷害自己，你一定是「未夠痛」；而「未痛夠」就是在生命中被很多人傷害過，卻依然選擇自虐地繼續被更多人傷害，你一定是「未痛夠」。

不過，無論是「未夠痛」還是「未痛夠」，這本散文集在你看完了以後，就只有一個想你得到的結果與得著……

「**想你醒。**」

很奇怪，從小到大，當我失戀的時候，都很喜歡聽慘情歌，我喜歡「虐待自己」的感覺。慢慢長大後，我就明白了，聽慘歌的原因是因爲這是一種「抒發」，就好像大哭一場一樣，我們需要用「痛苦」去讓自己「清醒」。

「痛到醒」。

你……未夠痛。

我要先「摧毀」你，才可以眞正的「重建」。

這本散文中，我的文字與分享的故事都是「苦口良藥」，希望你可以早日治好你的「病」。

祝早日康復。

重劑量，小心服用。

痛夠，再沒有然後，
痛夠，才會有之後。

HE

TORMENT

ART

ING

CONTENTS

長篇 · 長痛

短篇 · 短痛

友篇 · 友情

孤篇 · 生活

Ex Kill Me

長篇·長痛

HEART
/
TORMENTING

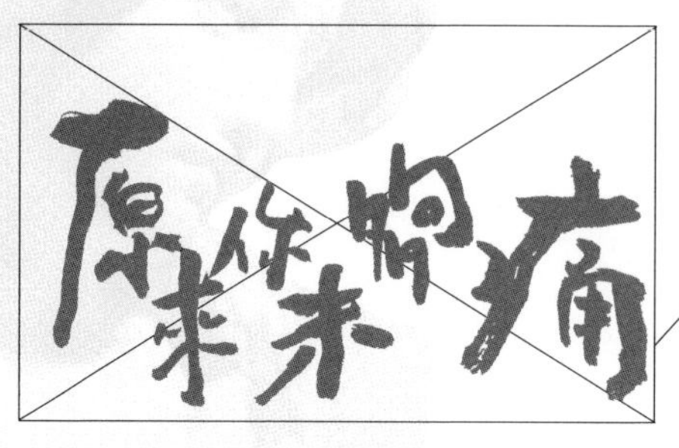

「原來你未夠痛，因為你未痛夠。」

有很多讀者會私訊我，問我一些愛情的問題，讀著不同的愛情故事，我有一個很好的答案。

「你未夠痛，夠痛你就會醒，繼續虐待自己吧，努力。」

好吧，太直接了，我應該又少了一位讀者。

不過，有時我又會收到幾年後的一個回覆：「你說得對，我夠痛了！我醒了！現在才知道當年的自己是這麼的愚蠢，現在我已經找到了一個眞正愛我的人。謝謝你。」

人是很奇怪的生物，我們都不願意聽「眞心話」，同時又很怕別人「欺騙你」，非常矛盾。

「當局者迷。」

誰沒做過「當局者」？包括我。我們會在一段關係中，把自己變得很「卑微」，尤其是被放棄的時候，我們都看不清楚自己那個「乞討」的模樣。

直至有一天，我們已經痛到沒法承受，我們終於要「醒」。

要「醒」的時間，可能需要一個月、一年，甚至是十年，在這段時期之中，我們都會在這個「自我虐待」的過程中不斷把自己傷到體無完膚。

不過，我可以跟你說一個「好消息」，無論要用幾多時間，你還是會「醒」。

可能是出現一段新的關係、可能是你已經走出了那個圈子、可能你已經習慣了一個人生活，總之，你一定會「醒」。

如果你問我何時才可以醒？

我會回答你……

你未夠痛，夠痛你就會醒，
繼續虐待自己吧，努力。

HEART
/
TORMENTING

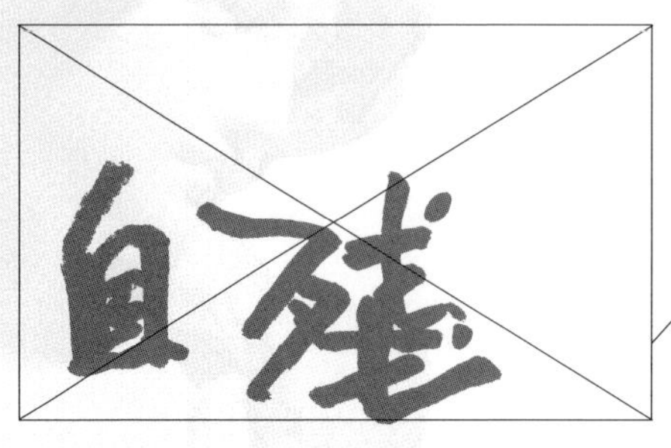

「別要執著一世，一生總有得不到的東西。」

你爲了一個不愛你的人而去傷害自己，是「自殘」。

無論你付出幾多，爲他做了幾多改變，偏偏，他不愛你就是不愛你、放棄你就是放棄你、離開你就是離開你、不接受你就是不接受你，簡單來說，就是「不領你的情」。

然後呢？你選擇放棄？不，你選擇折磨自己。

明白的，要完結一段關係不會是容易的事，但你有得選擇嗎？絕情一點說，被放棄的人是你，你沒有選擇。所以，你可以痛、可以哭、可以做任何折磨自己的事，但……「請、給、自、己、一、個、時、間、重、新、開、始。」

你相信我，「自殘」是會上癮的，你會「不自覺」地沉醉於失去的感覺，然後，不斷去想著一個已經不該想念的人，他任何的言行舉止都會影響你的生活，你只會繼續活得不像一個人。

你要給自己一個時間去重新開始，別要不斷地輪迴在

「自殘」的風景之中，不要不斷聽慘歌、不要回看他的相片與訊息、不要接觸有關他的東西，找一個新的生活圈子，我寧願你白痴到再次為另一個人痛苦、被另一個人傷害，也別要又再墮入同一個人的「輪迴」之中，因為，至少，另一個人傷害你，也能讓你上新的一課，而不是在同一個人身上⋯⋯

「輪迴自殘」。

記得以下一句說話。

痛楚有兩種，一種讓你害怕，一種讓你堅強。

HEART
/
TORMENTING

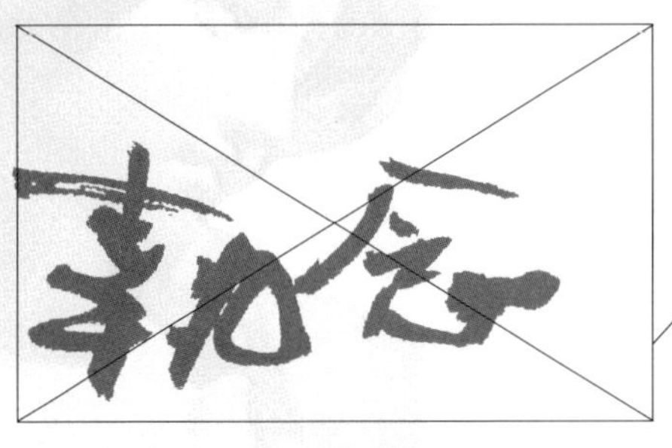

「執念」，固執地堅持自己的信念。病來的，而且，可以殺死一個人。

「被一個傷，為一個痛。」

很不合邏輯？別人傷害你，你懲罰自己，這就是最可怕的執念。

有時，「執念」比「絕望」來得更肝腸寸斷。

當一個人渴求得不到的關係、感情、身分、性等等時，「執念」應運而生，這種人可以不顧一切去為對方痛苦，然後說「他快樂就好」，這是一種「自我催眠」，可惜，通常自我催眠過後，就是……

「自我摧毀」。

佛曰：「苦非苦，樂非樂，只是一時的執念而已。」

當然，佛懂這句道理，不然怎說出來？不過，我們都是凡人，在我的思考之中「苦是苦，樂是樂，唯有痛到醒。」

人類犯賤的行為非比尋常，不說他人，就說我，我曾經也為一個睡在別個男人身邊的女人醉生夢死，她在睡，我在喝；他在睡，我在醉。然後呢？然後我還要發個訊息去祝他們幸福快樂，我用心的發……他們用力的做……

回想起來，也有點不是味兒。

那「執念」要如何清醒？

唯有痛到醒。

痛到「不、再、堅、持、自、己、的、信、念」。

就如你的夢想一樣，你曾經不是一個爲了夢想放棄一切的人嗎？現在呢？你爲了生活放棄了夢想。當有一天，你「需要」、「必要」、「絕對要」面對現實時，你就會自我安慰說一句：「爲了生活，也沒辦法了。」

爲了找到下一位更好的，你還要執念去愛上一個？

「值得擁有更好，才會讓你失去。」

但願你早點**「絕望」**，**「執念」**總有一天……

不攻自破。

HEART
/
TORMENTING

「為什麼被他放棄之後，還要苦苦哀求做朋友？」

有幾多人分手後，還可以做朋友呢？而當中，又有幾多只想留在對方的世界？就算痛苦，還是想……留在對方的世界。

「不是當初愛得不夠深，就是還想留著朋友的身分。」

當看到他／她有新的戀情時，你的祝福是真心的嗎？當他／她寂寞時找你的時候，你有想過你只是朋友的身分？你只是一個「有需要時才重要」的人？

有一種「卑微」，好聽就是「深愛」，不好聽就是「犯賤」。

「不如我哋都係做返朋友啦。」

這句說話，眞心的，如果你可以接受，的確沒問題，但其實暗藏的意思是「我不再愛你，但我想你繼續愛我」。

有時，「卑微」到一個層次與程度，你應該需要放手，不然，你就會愈墮愈深，直至，你發現自己浪費了很多時間在一個不愛你的人身上時，已經是太遲了。

「不如我哋都係做返朋友啦。」

嘿。

還做朋友？

及早放手。

很想知道你過得好不好，不，已經……

不想知道你過得好不好了。

分開後，沒法立即完全離開對方的世界，因為我們有共同朋友、我們有Facebook、IG等社交網絡，就算已經刪除、封鎖對方也好，我們依然會無意中知道對方的近況，更何況，那個還沒法把他放下的你，又怎捨得完全離開他的世界呢？

可憐的人必有可恨之處，你沒法離開的原因，是因為「你還未痛到不想知道他過得好不好」。

他有新朋友、他有新生活、他有新戀情，而你，還未放下，你復原的速度很慢，比起他，你還未走出痛苦，每當你知道他的新近況時，你就會再痛苦一次。

「不要再讓我知道你過得好不好了。」

如果你已經來到這一種感覺，恭喜你，你很痛苦，但同時，你即將可以走出這一種痛苦。如要離開一個人的世界，你先要有屬於自己的「新生活」。

的確，有些人，對於感情不是說完就完，不過……

還是可以完的。

「別要讓我知道，你過得好不好。」

HEART
/
TORMENTING

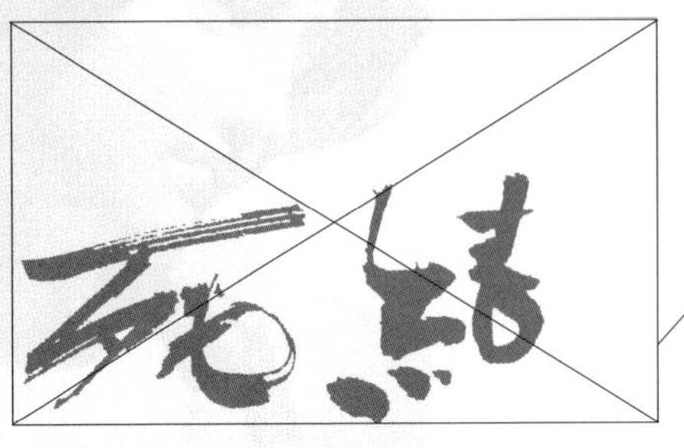

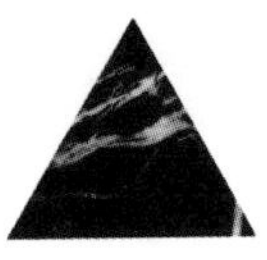

「結」，繩子打成的疙瘩。

有些人，永遠也會成爲你的「死結」，大致上，這個人必定是你很愛、很重要的人，才會在結局之後成爲了你的「結」。而這個「結」不會有其他人明白，因爲是你自己在心中打的「結」，「心結」。

本來，從前有一個加快解結的方法，就是不去接觸任何有關此「結」的種種，不再聯絡、不去接觸，當沒再看到，「結」就能慢慢地鬆開，可惜，現今社會，讓你太容易接觸到那個人的事，當你能解開了一點點，又會被某些消息、相片、朋友不爲意的口中，得到他的近況，「結」又再堅固地綁起來。

「你明明生活已變回正常，卻被一些消息嚴重影響。」

就好像當別人輕輕一拉，你的結又會綁得更緊一樣。

所以，既然是一個你無法解開的「死結」，那就讓它……**『一直存在』**吧。

你浪費時間去想如何解開一個沒法解開的結，就好像朋友叫你別要想起那個人一樣，你愈是不去想，就想得愈多。就因如此，所以別去想「怎樣解結」，就讓「結」一直存在，反而，復原得更快。

每個人都會有一兩個「遺憾」的故事、每個人都有一兩個「得不到」的人、每個人都會有一兩個「解不開」的死結，學會去把這些變成了自己故事中的「其中一篇」章節，然後，讓未來的故事變得更精彩。

記得，你寫的書還未完，你只是完成了其中一段故事。

「總有一天，心結，會變成了完結。」

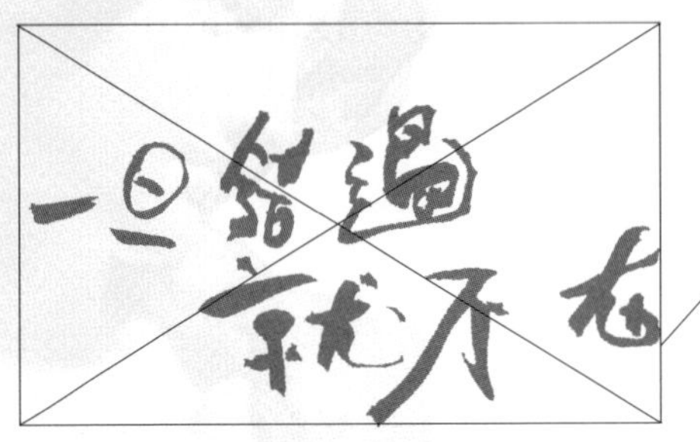

錯過，有兩個意思，一個是**「曾經做錯了一件事」**，而另一個是**「沒有完成一件事」**。

我想說後者。

在我們的人生之中，不斷出現「錯過」，可能是錯過一次聚會、錯過一份工作，又或是錯過一個人。在我們的生活中不斷錯過，然後，我們會回憶起曾經錯過的人和事，跟自己說：「如果現在還跟他一起，會怎樣呢？」

其實，「沒法控制」的錯過，不是最讓人覺得遺憾，「可以選擇」的錯過，才是。

你當時的一個選擇，一旦錯過，就不在了。

我們都總愛回想起從前，尤其在寂寞的時候，我說的寂寞，未必是一個人，而是在很多人的城市、街道、聚會中，你也會感到寂寞，就在此時，回憶就出現了。

當然，錯過了的不能再回來，但你又有沒有想過，就是不斷出現不同的「錯過」，才會有……

「現在的你呢」？

你未必很完美，但你卻曾經經歷過一兩段「可以選擇的錯過」、曾經經歷過一兩段「遺憾的故事」，才會變成現在的你。

「錯過」並不可以說是一件快樂的事，但我們可以把「錯過」看成是一場沒有完成的經歷，而這段經歷，可以讓你寂寞之時，用來「消磨時間」。

沒有人的一生是非常完整的，我們總會遇上錯失與選擇錯誤，就如當你已經學會如何去愛以後，你再遇不到那個曾經深愛的人。是不完美的人生，不過，卻是你最有價值的故事。

「就算我們互相錯過，各自依然上了一課。」

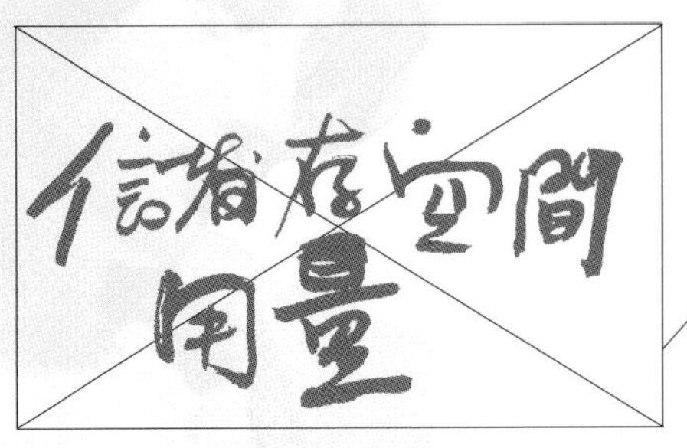

WhatsApp的儲存空間用量。

我們的生活、關係，甚至是秘密，變成了這些GB數字，按下每個人的名字，可以看到文字、語音、影片、相片及訊息的數目，我們的生活全都在這一大堆數字之中。

儲存空間用量內，有你們曾經發生過的「故事」，慢慢地，變成了「回憶」。有些人、某個群組，在你的生活之中不斷增加**GB**；有些人、某個群組，來到某個數目，再沒有增加了。

直至有一天，**WhatsApp**被另一個程式取代，就如我們以前用的手機**SMS**、電腦**MSN**，再沒法找回記錄，「故事」變成了「沒有記錄的回憶」。

每天都有大量故事加入生活的我們，對「回憶」開始變得愈來愈模糊，來到某天，你已經忘記了大部分的回憶，而記下來的，要不就是非常非常重要的人與事，要不，就是那些芝麻綠豆卻不知道為何會記起的事。

一天一天過去，有些人喜歡回憶過去，有些人卻覺得過去了就過去了，沒什麼需要記起來。其實沒有對與錯，只是每個人的性格不同，你怪他忘記了你？別傻了，只不過是你**擅長回憶**而已，當然，你沒有錯，從來也沒有。

每個人都會在現實世界中完結一段關係、完結一個故事、完結一種生活，有「完結」代表了有「新開始」，但願，每一位再沒有增加GB的「你」，都可以有一段更好更好的新開始。

好吧，打開「儲存空間用量」，看看那個GROUP、那個人，給你留下……

「最多的回憶」？

「就算，留下的只有回憶，還是會選擇珍惜。」

HEART
/
TORMENTING

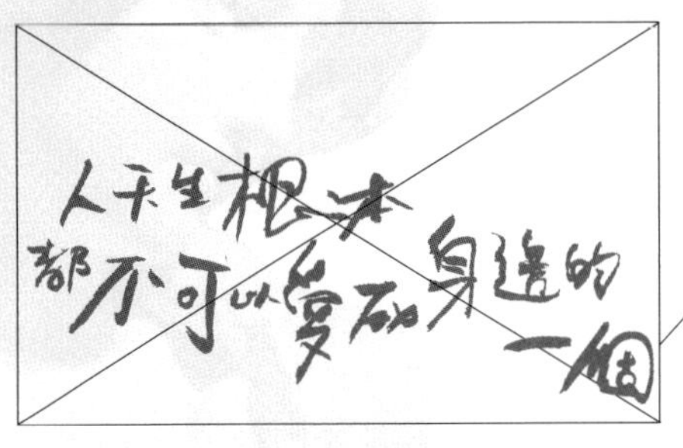

在我們的人生中，都經歷過很多段愛情故事，「只愛死一個人」都是騙人的，如果是這麼愛「上一個」，就不會有「下一個」吧，對嗎？除非初戀就是最後一位，不然，我們沒法在一生中「只愛死一個人」。

不過，當我們在不斷尋覓、跌倒再爬起的過程中，能找到了一個跟自己「終生廝守」的人，我們就要……

「只能愛死一個。」

誘惑多不勝數，年輕的、身材好的、志同道合的大有人在，而且，偏偏總是在你「選定後」才出現，往往會讓人有放棄「終生廝守」的想法。沒錯，的確「人天生」就是這樣的生物，因為我們是不甘於平凡的動物。

但問題就在，那個你認定「終生廝守」的人，同樣想著跟你「終生廝守」，如果只有一方出現了「不甘寂寞」的想法，然後背叛對方，他會有多痛苦呢？真正愛一個人，我們是需要與必須為對方著想，這才是「真正深愛」一個人。

人類「天生」的缺憾，尤其是男人，就是多情，所以，我們只能「後天」去學習。就算對方再沒有美貌、再沒有身材也好，他跟你的過去是「眞的」，陪伴你一起走的經歷也是「眞的」，再沒有任何一個人，可以再給你同樣的經歷。你銀包內的相片、你手上的戒指、你手機內的每一個訊息，都在提醒你，你絕對不能走錯那一步。

「貪新忘舊」不是愛，「新不如舊」才是眞正的「愛」。

別忘記，最成功的男人，是有很多女人喜歡他，而他卻……**只會愛「一個女人」**。

「如果你還是死性不改，你根本不值得擁有愛。」

HEART
/
TORMENTING

「至少，白龍也跟妳牽過手，而我呢？我從來也沒有觸碰過妳，一秒鐘、一個鏡頭也沒有。」——無臉男

「我很寂寞……很寂寞。」

當一個沒有存在感又寂寞的人，只要被某個人突然留意到，給他一點溫暖，這個寂寞的人，就會出現了一份好感，不過這一份好感，卻可以害死一個人。

這一種人，叫……無臉男。

「無臉男」試圖去接觸這個有好感的人，他決定走入了一個花花世界。在這個世界中，他發現，原來只要有錢就會得到其他人的尊敬，他開始改變，變得愈來愈貪婪、愈來愈不像本來的自己。可惜，那個她，根本就不是喜歡他手上的錢。

他還是很寂寞，他希望一直跟著她、守護她，就算是坐電車，他也只想坐在她的身邊，只要在她的身邊，無臉男已經非常的滿足。

可惜，總有下車的一天。

「你就留下來吧。」

電車到站後，她把他帶到一個地方，最後，把他留下來了。連一句再見也沒有跟他說，無臉男只能強擠出笑容揮手，然後，在下一個畫面，甚至是直至完結的畫面，他再沒有在她的生命中再出現。

但她跟白龍，卻有一段讓人感動的故事，而無臉男跟她……什麼也不是。

無臉男有時會想，如果我從來也沒有遇上她可能會更好，因為她給了自己希望，最後連一句對白也沒有說下去。

故事完結了嗎？

對，她與白龍的故事完結了，萬人歌頌，但無臉男的故事還未。

無臉男繼續留在一個沒有她的世界，繼續寂寞地生活下去。他只能用回憶去愛著一個已經永遠離開自己世界的人。

「那笑著面具下的表情，是沒法被讀取的心聲。」

HEART
/
TORMENTING

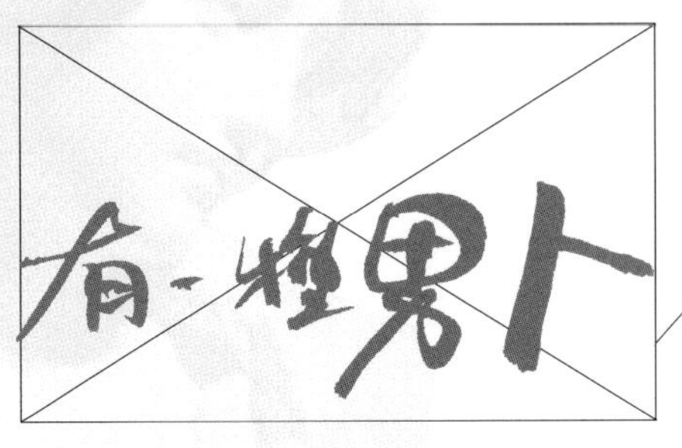

「有一種男人，就連男人也喜歡。」

我有位舊同事，從事電訊業十多年，他曾經教我很多做人的道理，當然，有時我不太明白這種人是在想什麼。

他是一個默默耕耘的男人，這十多年裡因爲不太懂去巴結上司，跟他同期、甚至比他更遲入行的人，已經成爲了他的上司，但他依然是做著自己的本分，沒有抱怨任何人。

有次我們去喝酒，我問他：「喂，其實你眞係唔介意咩？」

然後他用一個好認眞的眼神看著我：「我嘅努力，一定會有人看到！」

痴線。

現在是什麼社會？如果那班所謂的上司眞的看到你的努力，他們一早已經給你升職的機會了。當然，我沒有直接跟他說，我明白，社會上總有這一類人，而且，我很欣賞這些腳踏實地的男人。

不過，我最喜歡他的原因，不是因爲他的「工作」，而是他的「愛情」。

他被拋棄、劈腿，對方出現第三者，甚至被舊同事搶走女朋友等等，這十年間，他的愛情道路都非常坎坷，我一直成爲他「失戀後約出來聊天」的朋友，也許是因爲職業關係吧。

被舊同事搶走女友的那次，他甚至成爲了其他同事的「笑柄」，當然，我再次成爲他的樹洞。我不會忘記，我一坐下來，他第一句跟我說。

「今晚，我唔L想聽到你講佢任何一句壞話，飲！」

痴L線X 2。

「痴L線1」是，我才剛坐下來就飲了……「痴L線2」是……

雖然我也不會主動說她的壞話，但問題是，明明就是對方做錯，你還要保護她？連一句「個X家鏟搶咗我條女！」、「個死賤人去勾佬！」都不說？

沒有，我可以肯定，整個醉生夢死的晚上，他「一句傷害她的說話也沒有說」。

沒錯，這一種男人就是這樣，就算對方傷害自己，他依然會保護她，還會爲對方著想，想著對方的感受，就算自己有多痛苦，也會強擠出笑容，不想身邊的人擔心，繼續努力工作。

「有一種男人，就連男人也喜歡。」

我最欣賞的男人，不是那些想著如何在網上「數臭」對方的男人，我最欣賞的男人，是這一種……

「默、默、把、痛、苦、放、在、心、中、的、男、人。」

最後，我跟他說了一句我經常說的說話。

「你值得擁有更好，才會讓你失去。」

你一定會找到一個更好的人。

我記得，有天跟一位前輩飲茶聊天。

前輩說：「出面眞係好L多誘惑。」
然後我問：「咁你同阿嫂咁多年係點維繫？」

前輩說：「當你明知自己飲醉會出事，咪去少啲飲囉；當你鍾意長腿大波妹，上網大L把得你睇；當你啲朋友玩女玩到癲，你咪笑笑口話『正呀喂』就算，唔好覺得佢哋好威，其實最威果個係我，三十年嚟，我得我老婆一個。」

前輩跟嫂子結婚二十多年，從一而終。

「出面眞係好L多誘惑，尤其當男人有少少地位、名利之類，大L把女埋身，唔好行第一步，最重要係，你要知道陪你一世嘅人係邊個，你老咗邊個會幫你推輪椅，同時，你又會爲邊個推輪椅，你諗一諗先，你就知道唔可以傷害依個推輪椅嘅人。」

我聽著他的說話。

「你冇得去玩，你會後悔一時，但你冇咗個陪你老嘅人，你一世後悔。愛，包括咗責任、承擔，你帶住隻戒指，代表緊咩？唔係因爲儀式，而係當你要除低佢果時，你要諗一諗點解會戴住佢；結婚又爲咗咩？唔係爲咗張可以隨時解除嘅白L痴結婚紙，而係當你眞係想結束一段關係嘅時候，比你再諗清楚，係咪眞係就咁完咗佢。」

我看著他手上的戒指。

「老實講，有邊個男人會唔身痕？不過，就好似養小動物咁，停一停，諗一諗先，如果你覺得『入咗去出返嚟』之後會好後悔，可能事後會有好多嘢要孭上身，咩誘惑都變成你嘅負累，就唔會咁容易做錯事架喇。」

我點頭。

「世侄，你知唔知最成功嘅男人係點？」

我搖頭。

「最成功嘅男人，唔係你有幾多幾多女人，而係你只係有一個最愛嘅女人就夠，同時，有好多女人愛你。」

我想了一想他這句「高深」的說話。然後，我突然想起了那些公認爲好好先生的男人，我笑了。

當天，我受教了。

「只有一種資格，就是對抗誘惑。」

「點解我成日都吸人渣埋身？」她說。

我經常都聽到朋友跟我訴苦，然後，我苦笑了。

「人渣吸塵機」沒有貶義，只是一個非常合適的形容詞，甚至我覺得這類人會在生命中成長得特別快。

這類人會有幾個特徵，首先，他們樣子不會太差，可以說是中上的水平，而且戀愛經歷也比較多，最重要的是，他們都不怎樣喜歡「收兵」。如果是喜歡「收兵」的話，那些埋身的人渣也不是問題了，就當是「柴可夫」，又或是做「兄弟」就好了，是不是人渣根本沒有關係。

就因爲他們並不想「玩玩下」，只是想去「找尋一段眞正的戀愛」，偏偏遇上了不同種類的人渣，才會有第一句說話。

「你總是吸引不喜歡的人，你眞不知道是什麼原因？」

你要知道，別人喜不喜歡你，是別人的決定，根本不是你的問題，而最重要的問題是……「如何吸引有質素的人」，而不是想「如何不吸引人渣」。

當然，我們經常聽到「咩嘢人就會吸咩嘢人」，而這只其中一個原因，我也不知道你是不是同樣是「人渣」，不過，如果你不是，你就要更加去想如何成爲一個「有質素」的人，讓有質素的人同樣看到你。

你要知道，「人渣」的數量是「有質素」的人數量好幾十倍，所以遇上「人渣」其實不足爲奇，如果你不是「太濫」，爲了拍拖而拍拖，他們根本不可能傷害你。

「吸引人渣」，其實不是最大的問題，你反而可以想成因爲自己有魅力，才會有人想得到你，而更重要的是，要小心去了解才開始關係，別要……

「愛上人渣」。

「就算你是人渣吸塵機，你也要好好愛惜自己。」

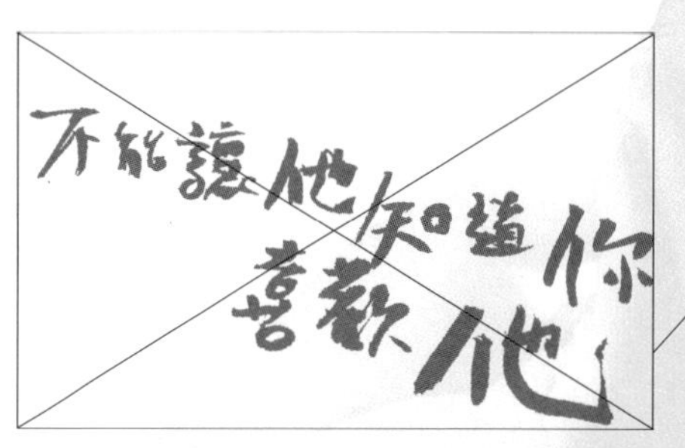

有些人，或者你對他有一點好感，但你同時知道，跟他一起未必能長久，你更知道，當他得到你以後，就會失去了新鮮感與興趣，你不想傷害自己，所以你決定……

「不能讓他知道你喜歡他。」

的確，他很優秀，甚至擁有一些讓你覺得很吸引的條件，但同時你也知道，他能夠吸引很多的異性，而你，只不過是其中一位。你不想就這樣讓他擁有你，因爲在你們以朋友關係聊天之中，你聽過太多他的戀愛故事，而每一次，都不會長久。

你選擇繼續留在「互相得不到對方」的關係之中，保持著那一份好感，甚至，你會讓他不能完全了解你與馴服你，讓他一直也對你存有興趣。

當然，有時當他又遇上喜歡的人時，會有一點不是味兒的痛楚，不過，你知道那個人並不會長久。就算他們眞的相愛，他心中最重要的人可能變成了別人，但當時間久了，你又會回到「最重要的人」位置。

有時，他會覺得你沒法觸摸，而你亦喜歡讓他無法完全了解你，你喜歡他在猜測著你的心意、你喜歡他在揣摸著你每一句說話、你喜歡他不能完全擁有你。

有時，沒法得到，也是另一種享受，因爲，我們每一個人都喜歡把自己放入故事之中，每一個人都喜歡因自虐而得到的……**『存在感』**。

「只是不想傷害自己，才會不能讓你知道我喜歡你。」

「總有天會想清楚，不再執著請借過。」

Ex，「前度」。

有很多人，無論分手多久，還是會被前度所「殺」。

所謂「殺害」，不是眞正的出手殺人，甚至前度根本沒有出手，但你已經死了幾百萬次，死在自己腦海中「前度」的手上。

他的任何舉動、相片、近況都會影響你的情緒，一切都源於「你沒法狠心刪除他的帳號」，你一直還在「偷看」、「明視」他的生活狀況。

他生活得好嗎？

他有新伴侶嗎？

我們也曾去過這地方。

我們也曾說過看這電影。

我們也曾說過去這旅行。

我們……我們……我們……我們個屁。

其實，你所想的「我們」，已經跟你沒關係了，完全沒關係了。世界上有一種病毒叫「我還是很想你」，被感染此「病毒」以後，只要出現任何有關他的消息，你就會毒癮發作，然後你想起跟他曾經一起的畫面、有笑有淚的片刻，你努力叫自己別要想他，同時，你又很想讓他知道你很想他，你寫下一些患得患失的句子、你放出曾經跟他去過某地方的相片，你只想他可以看到，讓他知道……

「我還是很想你。」

這樣做是可以的，沒問題，問題是，你要知道，當你正在想著那個「前度」之時，他其實正在用甜言蜜語去結識別人、他正在跟新伴侶纏綿在一起、他正在快樂地生活著，跟另一個人快樂地生活著。

「悲劇人物」這個角色，你可以做，但不可以做太久，就算你有多想他也好，其實他正在發展著屬於他的人生，他的人生中已經沒有你，而你，只是他的過去而已。

相信我，當有一天，不只是他把你當成過去，你也可以把他「當成歷史」，你再不會是「**Ex Kill Me**」，只會是**Excuse Me**……

「唔該借過。」

不相信？三年後，再回來看看這篇文章吧。

或者是兩年……一年……幾個月後。

「你總會想過，別人提起你的名字時，他是什麼反應。」

當別人提起他時，你應該知道自己會有什麼反應吧？但當別人在他面前提起你時，他又是什麼反應呢？

無論是什麼原因沒法走在一起，由最初的痛苦難睡，慢慢地，把這個給你很多回憶的人放下，然後大家各自有各自的生活，不再是對方「最重要」的人。但奇怪地，總會在某一些情況之下，例如喝醉時、夜深人靜時，會想起這個已經成爲過去式的人。

你也曾經出現過這感覺？

「不知道，他有沒有同樣想起我呢？」

你們還有共同的朋友，就算你們分開了，你還是知道朋友會提起你的近況，究竟，他是微笑著去聽？還是會說「別要再提他了」？

我們都很想知道。

可能對方已經不再是自己喜歡的人，不過我們都想知道「自己在他心中其實會有多重要」，更正確的說，我們都想知道自己曾經有多重要，很想知道，你的名字對他來說，還會有什麼「意義」。

而當中，有一點是很重要的，就算他有什麼反應，也別要被他而影響。人總會改變，就算他覺得你已經「不值一提」，你也不需要爲此而痛苦，當然，你也不需要去說對方的任何壞話，這是一種大方的表現。

當然，別人提起你的名字時，他選擇是微笑又或是出現快樂的表情，其實你又知道有幾多是眞實的表情呢？你懂得大方面對，他也可以。

所以最後出來的答案是怎樣，你也還是會「亂去想」，所以如果是我，還是會選擇……「不去知道比較好」。

就讓自己幻想一個最好的答案，而不需要知道眞實的答案。這樣生活，更快樂呢。

「無論你還有沒有提起過我，我也知道自己曾經愛過你。」

HEART
/
TORMENTING

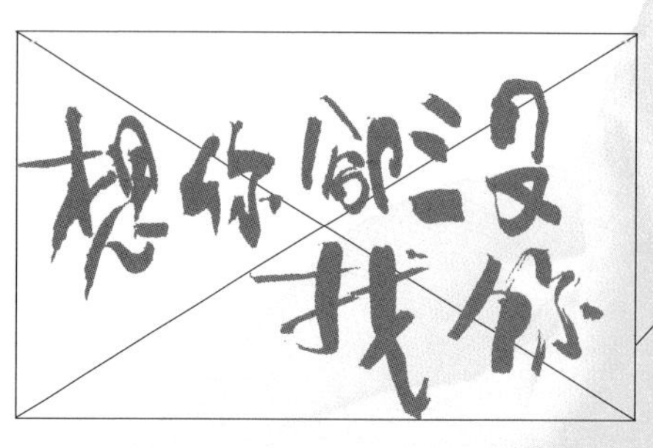

「很累但沒法睡……」

「想你卻沒找你……」

這兩種事情，同等級的痛苦。

如果是兩種情況同時出現，痛苦五倍。

很有趣吧，現在的科技與通訊都讓我們的關係變得更加密切，就因如此反而更「疏離」。從前最痛苦的，就是沒法找到某一個人，而現在最痛苦的，是可以找到，但不能找。

你擁有這一種關係嗎？

只要按下「發送」，你就可以跟他聯絡，你的想法與心意就依靠那一句一早已經寫好的句子傳達給他，可惜，你遲遲也沒法發送，腦海中出現了不同的畫面，然後，你刪回去了。

「他還會回覆我嗎？」「我會騷擾到他嗎？」「爲什麼我要做到這麼卑微？」「爲什麼不是他先找我？」「不是說過別要找他？」然後，那些痛苦的畫面與自己內心的對話，讓你內心出現了四個字。

「還是算了。」

這一種「想你卻沒找你」的感覺最煎熬，然後就會變成「很累但沒法睡」了。如果你曾經也是過來人，又或是「現在」是過來人，你應該最明白當中的痛苦。

如何去面對這忐忑不安的感覺？

很簡單，就發出去吧。

但在之前，你要讓自己別要存在任何的「希望」。別要想他會用同樣的字數、同樣的感覺去面對你全心寫下的文字，別要想你對他的想念有同等的回覆，別要想你們還可以像從前一樣。

這做法就是要你死心，你要知道你每一句跟他說出的情深說話，也只不過是在騷擾著他的生活，這樣可能會更加痛苦，不過你有沒有聽過「痛定思痛」？你還覺得自己有機會才會有想找他的衝動，你還未夠痛，才不懂「痛定思痛」。

別再想了，去吧，去讓自己……永遠心死。

「為什麼會想你卻沒找你？都只因想死心卻未心死。」

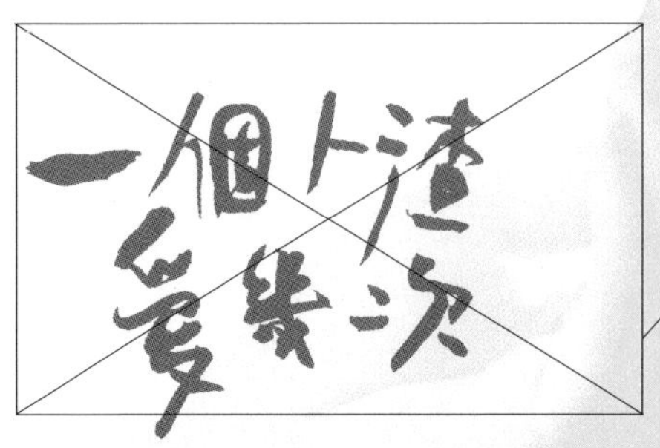

一個人渣愛幾次

「人生，愛上幾個人渣沒問題，不過，別要一個人渣愛幾次。」

無論男與女，總會在人生中遇上過「人渣」，不過，其實這些人渣，卻是你成長必定遇上的過路人，沒有他們，你不會成長，你不會明白什麼叫「帶眼識人」。

曾經愛上幾個人渣不是大問題，因為每個人成長的速度也不同，有些人被騙一次，就已經會醒，有些人被騙幾次才知道出現問題。在不同的生活圈子中，學會了「如何去看待一段關係」，某程度，這也是一種「學習」，被騙了，在下一次、下下一次、下下下一次，就會懂得如何去面對與處理關係。

直至你找到一個相伴終生的人。

不過，問題在……「你一個人渣愛幾次」。

「當你喜歡到極致，人渣都會當天使。」

媽的，你一點進步也沒有。

你根本沒有任何的進步，一次又一次的欺騙，你還是相信「他總會一天會變好」，變變變，變你媽的孩子，如果，他會為你改變，就不會一次又一次傷害你吧？對嗎？

就好像你去了一間最初很好吃的茶餐廳吃午餐，時間久了，你第一次在湯麵看到甲甴，好吧，再給他一次機會吧；第二次又見到甲甴，好吧，再給他一次機會吧；然後，第三四五六七次繼續有甲甴，你還會去吃這間茶餐廳嗎？

你還去。

我寧願你去多幾間茶餐廳，就算，湯麵都是有甲甴也好，至少，你知道「我以後都不去這一類茶餐廳」。

至少，你知道「我以後都不去愛這一類人」。

別把人渣當天使。

換轉，如果你是那個「人渣」……

放過他吧。

「我真係冇咗佢唔得，我放唔低佢。」

我聽過身邊很多朋友都跟我這樣說，但三個月不到，他找到下一位後，突然又跟我說。

但這一種「愛」，未必是因為你眞的很愛他，反而是你「不甘心」被他放棄。你把你的眞心、時間、青春等等交給了這個人，卻換來了滿身的傷痕，你會把這感覺換成了「愛」，然後覺得失去了他，你連人也不想做了。

去做鬼吧。

其實，在下一個出現之後，你又會想做回人了。

明白，我們都會為了一段失去的關係而痛苦，但如果你還未死，總會在生活之中出現另一段新的關係。如果你十六歲說「不會了，不會再愛下一個了」，我會笑你；如果你二十六歲說「不會了，不會再愛下一個了」，我更加會笑你；如果你三十六歲說「不會了，不會再愛下一個了」，我不會笑你，但你自己應該已經有能力與智慧，去笑你自己了。

失去了一個人，一個一直跟你一起生活的人，當然會痛苦、會流淚、會心有不甘，但別要把痛苦經常掛在嘴邊、放在你的社交媒體上，因爲，你永遠不會知道，喜歡你笑容的人，會何時出現。

「最好的關係，會在最後才會出現。」

希望，有一天，我可以聽到你說……

「痴線，當時我真係盲咗！」

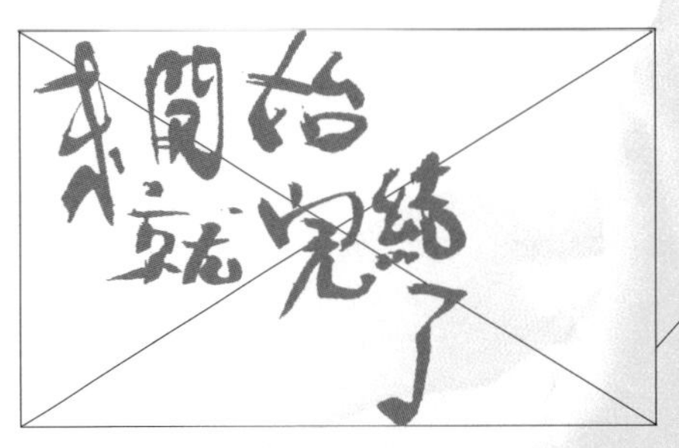

「或者你不是他的需要，最後未開始就完結了。」

你有沒有遇過一段「未開始就完結」的關係？

可能你們正在處於曖昧的關係，卻在快要成事之前，結束了。你以為可以開始，最後他選擇了別人。為什麼會這樣？

只因，你以為他會是你的「唯一」，而他其實在放著很多線，釣著不同的魚，當有魚上釣了，不夠「新鮮」的，他當然不會要吧，然後他會跟你說：「其實你很好，不過我們有緣無分了。」

「他說愛你，卻沒說只愛你。」

有時，你看到的「只是你想看的，而不是眞實的」，有太多你看不見的關係其實一早已經存在，在你未完全投入之前要先了解這一點，別要像盲頭烏蠅一樣，以為自己是韓劇的男／女主角，不顧一切地衝向對方，最後焦頭爛額。

男的好女的好，在曖昧的關係時，當然「不會露出自己的眞面目」，你騙一下我、我騙一下你是非常正常的事，但你要知道，他可以對你這樣做，同樣，也可以對著其他人，而且是同一時間。

在單身的時候，的確會感覺到寂寞，但如果太急進去找尋你所認爲的「眞愛」，其實太多都是「虛情」，當然，如果你只是在找一個水泡，這是一場很好玩的遊戲，但如不是，你會比單身的寂寞更痛苦。

太快開始，未必一定會更快完結，不過，身邊的例子比比皆是，不是要你像買鑽石一樣精挑細選，不過以下四個字，是你在任何關係開始之前，必需要知道的……

「帶眼識人」。

「別要因為寂寞得太久，順眼就當是終生廝守。」

寂寞是世界上最可怕的感覺，你不需要做任何動作，寂寞就會出現，尤其是「單身的時候」。

有些朋友，就因爲寂寞太久，然後心急去選擇錯的人，最後傷得體無完膚。

你要知道，順眼還順眼，不等於必定要「終生廝守」。

當你愛過幾個人渣（無論男或女），你就會成長，你會知道要「終生廝守」不是一件容易的事。

性格、興趣，甚至是人格，不可能在外表看得出來，你要知道「眞面具不會出現在熱戀之時」，所以，別要因爲寂寞、順眼就毫無保留去付出一切。

現在的愛情，很快就可以愛上一個人，很快又會放棄一個人，如果你是這類人，當是玩玩沒問題，但如果你想要一個長久的戀愛對象，先看清楚，才更長久。

或者，你會見到好友很快又換了男女朋友，自己還是寂寞一個人，但也先請你先看看好友的對象吧，如果「什麼都可以放入口」，那個人，還是你嗎？

如果不合適，一個人，更快樂。

先看清楚，別太濫。

「一個人寂寞，總好過，兩個人不快樂。」

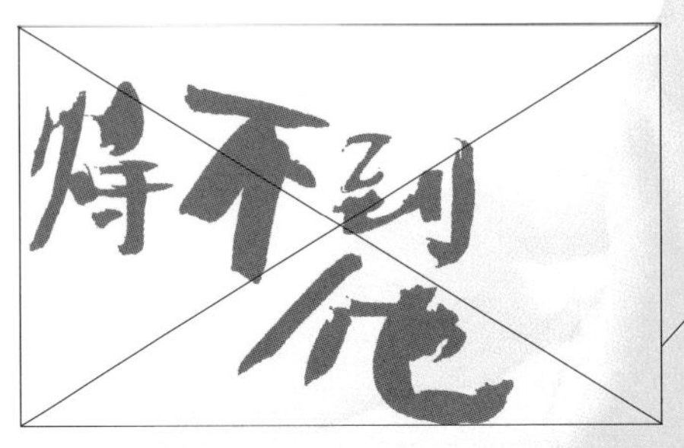

「你其實沒有想像中那麼喜歡他，你只不過是……得不到他。」

得不到，是最好的。

爲什麼經常聽到「最愛的人未必是陪你一生一世那位」的說話，以上一句已經說出了答案。

有時，我們都會留戀在「得不到」的東西之上，這是人類的一種習慣，無論是物質還是愛情，都是有同樣的惡習，總括來說，就是「犯賤」。

看來，這一種感覺很痛苦，不過我們反而可以「利用」這一種「得不到的感覺」。你要知道，有些人跟自己是兩個世界的人，根本沒法走在一起，那何不把他放在心裡？這一種想法是需要練習的，而練習的秘訣就是「曾經捱過痛過」。

「後來，我總算過得不錯，前提，要曾經捱過痛過。」

當有一天，你醒了，就會明白在心中有一個永遠得不到的人，未嘗是一件壞事，當然，你應要懂得適可而止，不能亂去行前一步。

其實在我們現實的社會之中，明白「眞正愛一個人」的人，不會太多，至少，你就是懂得的一位。

反過來去想，其實第一句的意思就是……

「你其實沒有想像中那麼喜歡他，但只要你不到他，他就會是變成你最喜歡的。」

有些人，只可以按兵不動，
有些人，只適合活在心中。

解，意指把束縛剖開。
脫，意指離開、除去。

有太多人能「脫」不能「解」。

佛曰：「當捨於懈怠，遠離諸憒鬧；寂靜常知足，是人當解脫。」（《大寶積經》）

然後……

Y文說：「分開簡單抹去往事極難，幾多溫馨燭光晚餐？」（《木紋》）

阿信又說：「爲何我們，還是要奔向各自的幸福和遺憾中老去？」（《突然好想你》）

林夕又又說：「欲斷難斷在不甘心去捨割，難道愛本身可愛在於束縛？」（《一絲不掛》）

最後周董都說：「就算放開，但能不能別沒收我的愛？當作我最後才明白。」（《彩虹》）

佛是要人類「解脫」，談何容易？而他們卻知道，人類能「脫」不能「解」，他們明白，我們懂得離開，卻太難放下。所以，我信塡詞人多於佛，他們都是我敬佩的人。

如果你曾經是一個「能脫不能解」的人，你應該明白我的說話。

希望是「曾經」，而不是「現在」。

有時，在我們的生活之中，總有一兩個（或更多）沒法完全放下的人，這一個人，總會在獨處夜深、朋友聚會、某個路口、某首歌曲，突然又走出來虐待你，然後，你就會唱著：「你要我說多難堪？我根本不想分開。」

「我們是需要被虐待的經歷，才能夠學懂什麼叫做珍惜。」

當你在凡塵俗世生活久了，略多略少都會知道自己是一個「沒法一時三刻解脫的人」，而且我們也不是佛與神，所以別去想怎解脫，因為當你想著解脫時，就同時會想起那個「要解脫的人」，你就像在提醒你自己……「我還未放低他」。

我們都市人有一種長處，就是晚上為一個人哭到死去活來也好，第二天早上，你還是會準時上班上學，繼續自己的生活。其實你不需要用力去想如何「解脫」，逼人的生活，總有一天會讓你明白這一句。

「償還過，才情願，閉著目承認故事看完，什麼都不算什麼，即使你離得多遠，也不好抱怨。」

林夕說的，嘿。

因爲某一個「原因」，得出某一種「結果」。

佛曰：「種什麼因，結什麼果；善有善報，惡有惡報。」

「他必定有報應的。」

然後，傷你傷到體無完膚的那個人，他媽的……

「幸、福、快、樂、地、過、好、日、子。」

嘿。

更重要的是，眞正的報應，不是他的生活過得好與壞，而是……「你還在意」。

那個傷你最深的人，現在比你過得更快樂。

你在意得要命。

「報應」不在他處，而在你身。

沒錯，「佛是過來人，人是未來佛」，佛也曾經如我們般天眞，最後才會參透成佛。

每個人也曾經歷過被放棄、被欺騙、被隱瞞、被利用、被騙財、被騙色等等，如要數愛情的「罪行」，七七四十九宗罪也不夠數，我已聽過太多了。而痛苦的原因，大致也是「求不得、得不到、放不下」等等情況，最後變成了「恨」。

醒醒吧，回來現實世界，佛是要經歷很多「劫」才能參透「善有善報，惡有惡報」，而我們這些凡夫俗子，宇宙中一顆微塵，覺得世界上有「惡有惡報」，只是我們一廂情願的想法。

更何況，他比你幸福也很正常，因爲「他已經不在意你，而你還在乎他」，你還不斷用力地展示滿身的傷痕，他怎不會比你幸福快樂呢？

「不是要你不再在乎，只是想你不再痛苦。」

恨一個人就等於「自己不斷食過期食物卻希望別人食物

中毒」，其實什麼「善有善報，惡有惡報」根本毋須想太多，報應發不發生在他身上已經不關你的事，無謂再在乎一個已經不在乎你的人，這才是眞正的「放下」。

的確，變成現在的「你」總有「原因」，可能就是因爲被某人所傷才會有現在的你，但你要知道，「因」可能是由他種的，不過「果」，未必是因爲他而結，甚至，他只不過是你路途其中一段小挫折而已，何需要讓一個「讓你變得更加堅強、更加成熟」的人，得到報應呢？

佛曰：「你恨的人，來生不會再見。」

不，來生我們要再見，由你來恨我。

笑著說的。

要我再愛你，下世吧。

— diagram for photo

— lowest energy and then going as

— size — turn on its point

to draw

the pentagon

2 aromatic 5 anti 4

7 10 aromatic 11 12 13

-? lowest pen to highest pen

— antiaromatic in a particularly

unstable situation

— nonbonding [illegible] are were neutral

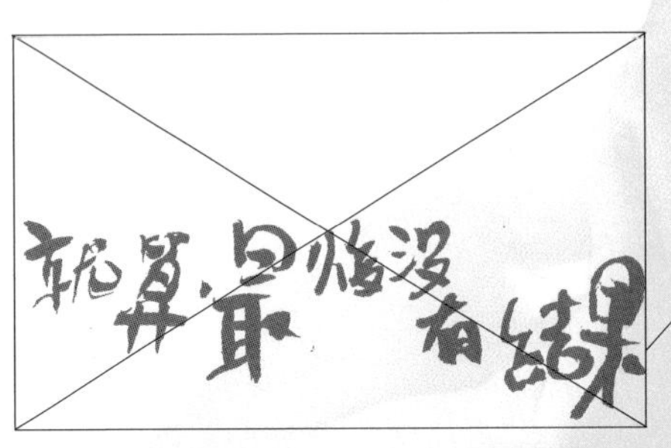

「我想跟這個人留下回憶，就算，最後沒有結果。」

就算會傷會痛會遺憾會後悔會流下眼淚，還是，想愛他一次。

這種人是瘋了嗎？不，大致上，有很多人都曾經有過這個想法，只想在人生之中，讓他在自己的回憶中……「留下故事」。

你是這一種人？

用「付出」去希望對方可以多留一點時間，而對方或者並不知道你的付出，甚至是無視，但這一種人，還是會選擇不去放棄這一段，只有單方面付出的關係。

這一種人，是絕對明白「愛與被愛」從來也不會是平等，同時知道，當愛著的人找到深愛的人時，自己會有多痛苦，但他決定了留在對方的身邊，甚至是守護在他的背後，就算，那個人從來都不會回頭，看一眼。

爲什麼就算明明知道會隱隱作痛，明明知道根本沒有結果，還是要這樣做？

只因，這一種人想在人生中擁有一次，眞眞實實的一次……

「愛過一個人的證據」。

如果有天，他問：「爲什麼要對我這麼好？」

你的答案是：「沒什麼，因爲我就是喜歡。」

喜歡……愛一個人的感覺。

「就算明知到最後會失去，也是愛過一個人的證據。」

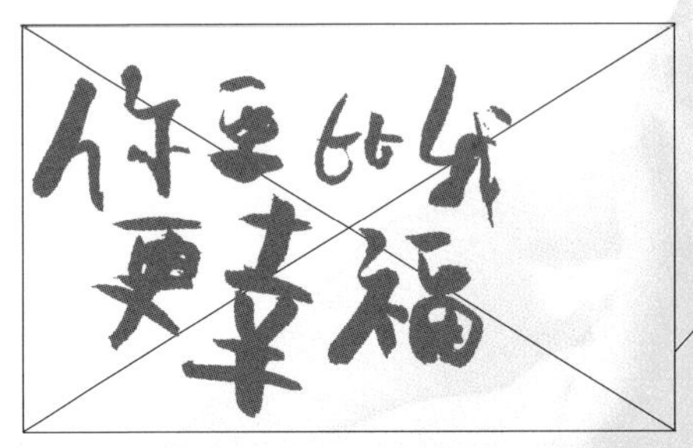

這個「你」，不是離開了我的那個人，而是在我之後，他人生中遇上的「你」。

我未必認識你，我們已經沒有聯絡，不過，多多少少你也會從他口中認識我，我亦不知道他會怎樣說我們的過去、他會說我是一個怎樣的人，不過，無論我在你心中是什麼人也好，我也希望……

「你要比我更幸福」。

我們的完結是因爲太多不同的問題，我們從互相學習直至互相傷害，結果分手成爲了我們最後的結局。他教曉了我如何去愛一個人，同時，我亦讓他明白到自己一直需要的是什麼。他在我們的過去之中成長，而在他人生中出現的「下一位」，我知道，他會明白將要怎樣去愛這一個人。

我不會騙你，分手是痛苦的決定，不過，同時我亦知道，他會找到一個比我更好的人，而那個人「就是你」，他會明白什麼是體諒、包容、遷就與珍惜，只是，這已經不是我能擁有的了。

擁有他的人，是「你」。

或者，有一天，當我無意中看到你們快樂的笑容，我知道，我的離開，是正確的選擇。

願你要比我更幸福。

比我跟他一起時，更幸福快樂。

「我們沒有了然後，由你代我陪他走。」

看讀者的來信，有不少是學生，而當中的話題，大多是……「愛情」。

我笑了。

然後，我腦海中出現了一句說話。

「學生時代，如果你沒有白白痴痴去喜歡過一個人，你浪費了校園生活。」

每次講座，我都會笑著問：「有拍拖的同學請舉一舉手！」當然，大致上都是一片笑聲，沒有人會舉手，這代表了在學校拍拖還是一種「禁忌」，不過，我還是要跟你們說，如果你沒有白白痴痴去喜歡過一個人，你浪費青春了。

看來老師與家長，會不喜歡我了，嘿。但大人要知道，你愈是阻止他們，他們愈是會做，有些事情是沒法阻止的，當中包括「愛」（想想你年輕時的自己），沒法阻止，但要教育他們「保護自己」。

你在學校有喜歡的人嗎？

無論是暗戀、單戀、明戀、失戀，怎樣也好，學校是一個首次「學習去愛」的地方，至少跌倒了，還有同學去安慰。「愛情」從來也不可以在教科書中學習到，但就算成績不好，愛過一次就會更明白什麼是「愛情」，當然，痛過一次更加更加明白。

最重要是，當你長大後你會發現，無論那一段是遺憾，還是沒結果的故事，都會讓你會心微笑，你會懷念那個……「著上校服喜歡別人」的自己。偷偷地看著他、接觸時心跳的感覺、表白時那一刻心情、著上校服流淚、收到他的小禮物、被同學們揭發、等待他的WhatsApp&Snapchat、害怕他愛上其他人、失戀的心痛……

我又回憶起來了。

「在拍拖的同學請舉一舉手！」

噓……在心中。

「就算白白痴痴，至少戀愛一次。」

沒跌過一次，又怎會學懂長大呢？

「別人代你給他幸福」。

看到這句，如果你覺得痛，你未放下；如果你在心中微笑，你放下了。

他重新開始了他的生活，你痛苦；他有新的生活圈子，你痛苦；他放出跟某人的合照，你痛苦；他開始了一段新的關係，你又痛苦。你為了一個已經跟你沒有關係的人而不斷痛苦。

「你是覺得值得虐待自己？還是喜歡繼續白費心機？」

如果，你用很多時間去想「我很痛苦」，不如抽一點，就一點點時間跟自己說「我要快樂」，而這種「快樂」是不需要一個「讓你痛苦」的人出現，你可以自己找尋快樂。沉醉在痛苦之中，是可以的，但不可以是整個人生。你可以在深夜墮入那感覺之中，但睡醒就要別想「我很痛苦」，要跟自己說「我要快樂」。

總有一天，你會給「另一個人」幸福，而他亦會得到「另一個人」的幸福，大家都在各自的生活中，得到幸福，這樣，就是有四個人幸福了。

只要你失戀的次數比相戀多一次，就代表在你人生中，出現過一個沒法走到最後的人，你沒法給他幸福，那不如就嘗試一下……「祝福」吧。

「就算別人代你給他幸福，你也可以擁有美滿結局。」

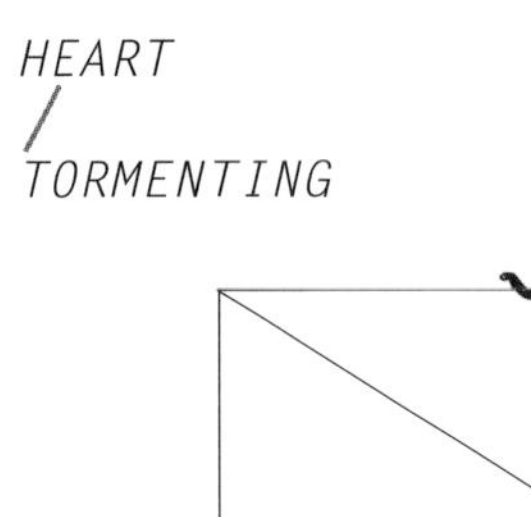

姊妹的對話

在繁榮的大都市中，每個人都忙著自己的生活，一班好姊妹，難得有時間聚在一起，一邊吃飯一邊聊天，非常難得。這夜，我們說起了……「愛情」。

正確來說，我們總是說起了「愛情」。

啊？妳明白失戀的痛苦嗎？
「聽說過太多姊妹的故事，到最尾結束的苦況我都知。」

我也是啊，那妳從痛苦之中學習了什麼？
「讓我無時無刻深思，別要愛得太幼稚，如非最在意，才別要開始。」

如果給妳跟他說一句說話，你想說什麼？
「後來沒有你給我身分，名字變得陌生。」

我有點不甘心，妳呢？妳有不甘心嗎？
「就無謂勉強心有不甘，如練成百毒不侵。」

失去了他，妳領悟到什麼？有遺憾嗎？
「後來沒有你的這一生，明白再一起不會有可能，無謂再想起這遺憾。」

我想起他了，妳還記得他那個給妳說過的承諾嗎？
「我聽過太多他的約定，到最尾結束方知道要清醒。」

失去他之後，我改變了很多，妳有什麼改變？
「在這徘徊難堪過程，讓我變得不再任性，就算無人帶領，尋新的旅程。」

離開他的生活圈子以後，妳最想做什麼？
「重奪我新一次緣分，讓我換個身分。」

希望我也可以換個身分。妳還會為他而痛苦嗎？
「後來沒有你不再傷感，名字再不著緊。」

未來呢？妳有什麼願望？
「在凡俗世界找個新身分，能覓尋注定終生。」

希望我們也可以。如果給妳機會問他最後一個問題，妳最想問？
「後來沒有我可有不甘？無奈再一起不會有可能。」

對，已經沒可能了。未來，妳最想知道的是什麼？
「誰贈我新一個名分？」

這次經歷以後，妳最大的得著是？

「舊情愈吸引，我愈要抽身，找個原因。」

我很想知道，妳對前度的看法是？
「再別要天真，被前度牽引，我就當過去，鞭策人生。」

最後，我想知道妳最想要的幸福未來，是怎樣的？
「我下個身分，就離別黑暗，要讓我開心，願陪伴一生。」

〈後來沒有你〉
唱｜蔚雨芯　曲／編／監｜葉肇中　詞｜孤泣

H e a r t

某日，跟某個新朋友聊天，談到愛情。

「妳有冇畀人飛過？」我問。
「緊係有啦！嗰個仆街……」（下刪千字）

我又再問她。

「咁妳有冇飛過人？」我問。
「緊係有啦！嗰個仆街……」（下刪千字）

然後我說。

「妳都幾慘喎，妳畀人飛，係對方仆街，妳飛人，又係人哋仆街，妳都遇好多仆街喎！」

她繼續「數臭」，我就繼續苦笑，她完全不知道我在「暗諷」她。

有時，完了就是完了吧，何必還要「大大力」掌摑一個曾經愛過的人呢？真的很怕這類人，這類人永遠都覺得是別人的錯，卻不承認「自己也許有問題」。或者，樣子漂亮的她，一直以來都嬌生慣養，從來也沒有人，沒有一個眞心的朋友與情人會跟她說：「其實妳都可能有錯。」

結果，她就一直也不知道「其實自己有問題」了。

所以，如果你人生中，有一個眞心肯跟你說「你錯」、「你有問題」，能夠讓你放下重重自尊心去「思考」的朋友，眞的要好好珍惜，他會是你人生成長中，很重要的「夥伴」與「導師」。

最後，我笑著跟她說。

「其實呢，妳講嗰個仆街，嗰個畀妳飛嗰個仆街呀，佢……

係我由細玩到大嘅同學。」

她呆了。

或者，在她的人生中，又多了一個「仆街」了，嘿。

「有時別要太過分美化自己，或者最仆街那個可能是你。」

「誰會明白，不找你的原因，是因為不知道你想不想我找你。」

你有經歷過這感覺？

每個人都有屬於自己的生活，都有屬於自己的忙碌，有些人的想法是：「找他，會不會打擾了他？」爲什麼會有這樣的想法？

因爲「你在乎對方的感受」。

當然，或者對方其實也正等待著你的一個聯絡，可惜，我們沒法去「肯定」，而且在以前的經歷試過太多次「其實是自己想多了」，最後，還是不去聯絡，那個你看著這文章時想起的人。

「會想著他正在做什麼，會想著他有沒有想我。」

這樣，又一個晚上。

我不知道你們的關係是怎樣，我只想跟你說，「沒有勇氣去聯絡」從來也不是你的錯，這是你的性格，做一個自己認爲是對的決定，就是你最好的選擇。

如果你覺得是打擾就別去聯絡，如果你覺得也沒什麼呢？就聯絡他吧，跟從自己的心去走，最重要是……「做了不要後悔」就好了。

如果你覺得，最後會「後悔得要死」，還是……算了吧。

你在乎對方的感受，請同時在乎自己的感受。

又一個晚上了。

因爲你喜歡一個人……

你會按入去他的IG，由頭看一次，不只，你會看有什麼人給他「心心」，甚至是看看有什麼朋友Tag他，然後再按入去那個朋友的頁面繼續看。當然，你會小心翼翼地去看舊Post，因爲你怕按錯，不小心給了他「心心」而被發現。

你會「自我代入」他的每一個Post、每一張相、每一段文字，你在想「他是不是寫給我看呢？」，還有……「他是寫給誰看的呢？」

你會看看在他的相片下，留言的人是誰，從而幻想他們的關係、社交圈子、生活圈子，然後你會想：「如果我們一起了，他會把我介紹給朋友嗎？」還有「他們會否喜歡我成爲他的情人呢？」

你會按入「追蹤中」，看看他給了什麼Acc「心心」，發掘他的興趣與嗜好，再在腦海中「組織」著他是一個怎樣的人，會想「會不會跟自己合得來？」再看看「追蹤中」他跟誰最Close，最多「心心」，有點不快。

你會看他的「Follower」多了一兩個，想找出那人會是誰。

你會「突然」在意與介意，他給某個異性的「心心」特別多。

你會開一個新Acc，偷偷看他的圓圈Stories。

你會看到一些有趣的Post想Direct給他，當然，你內心有點掙扎。

你會……

你會……

你會……

好吧，一切，都因爲你……「喜歡一個人」。

「不想這樣就成為歷史，想進入你的生活圈子。」

你有沒有試過，吃飯、約會、見面以後，是時候要回家，卻不想離開他？那一種依依不捨，你臉上掛著的表情，也許連你自己也不會知道，同時，也沒法瞞騙任何人……

「你是多麼不想離開他。」

這一個人，是你痛苦的理由，也是你……「快樂的原因」。

你會因爲他的任何事而著緊、你會因爲他的關心而開心半天、你會發現他還記得你說過的話而感到窩心，但同一時間，你會在意他身邊出現的異性、你會很想他同樣的重視你、你會害怕有天他會消失於你的生活圈子。

這就是喜歡一個人的感覺了。

如果你們是情侶，不需要多說了，最幸福。但如果你們不是情侶，請……「好好記著這一種感覺」。

「無論最後可否在一起，喜歡的感覺別要忘記。」

在你的人生中，除非你喜歡「濫情」，不然，你不會輕易喜歡上一個人，能夠被你「喜歡」的人，就是你生命中一場「經歷」的主角。這一場「經歷」的結果重要嗎？當然重要，不過，你沒法完全控制故事的發展，想太多也是沒用，那不如給自己「享受」……

「喜歡一個的感覺」吧。

「快樂」的定義，是由你自己決定的，同時，痛苦也是。

「就算沒法在你身上得到身分，也不會忘記你是我快樂原因。」

「當你過得不好，會否讓我知道？但你過得很好，別要跟我透露。」

就算關係已經過去了，有時，當他過得不好時，你會心痛他，但當他過得很好時，你又會心痛你自己。很奇怪嗎？人就是這樣矛盾，那個人，是不是你？

你明明不是想比較，偏偏又會將對方的生活跟自己對比。他比你更快離開痛苦、他比你更快適應新生活、他比你更容易變得沒所謂、他比你更早找到喜歡的人，他……「比你幸福」。然後，你就開始痛苦了。

所以，如果還未眞正放下，不如嘗試別要接觸對方的生活。無論他過得好不好，你也不會是快樂，爲什麼要讓自己「雙輸」？

有些時候，忍著不去看、不去了解、不去知道、不去接觸，不去把自己弄得更加想念誰，反而，是一種更快「開始你新生活」的方法。

忍著忍著，就過去了。

「你過得好不好……不再是我的煩惱。」

「愛情最殘忍係咩？」我突然問朋友。

「最殘忍？」他喝了一口啤酒，苦笑：「最殘忍係，我根本唔知佢諗緊咩。」

我聽到以後，心中一酸，我還以為他會回答我什麼「分手呀」、「得不到呀」等等，原來，最殘忍是……根本不知道對方在想什麼。

當你「不知道」、「不清楚」時，就會開始猜疑，猜想對方其實在想什麼，然後，你就繼而墮入痛苦之中。

一起的，無論有多親近，都會出現這一種「殘忍」。你很想跟他分享一些事，但你又會怕煩到他，你也很想知道他的一些事，但又怕去問會影響到你們之間的關係，你，根本不知道他在想什麼。

還未一起的，無論有多熟悉，都會出現這一種「殘忍」。或者，你已經表明了自己的「來意」，但他好像依然無動於衷，不是拒絕，也不是接受，你會猜想是否應該繼續下去？還是他已經給自己拒絕的訊號？你，根本不知道他在想什麼。

這一種「不知道他在想什麼」的殘忍，最重要是對方根本不會知道，因爲在亂想的人，就只有你自己。就算，你問他在想什麼，他給你的答案也未必是眞的，這種感覺，的確「殘忍」。

例如，你也身處在這一種「殘忍」之中，有一個方法，就是把最壞的打算也想好了，這樣，當現實出現答案與結果時，也會好過一點。

你想想，認眞的想想，其實……「你心中已經有『他的答案』了」，對吧？

當然，如果你「樂在其中」這一種殘忍，那別要後悔，繼續「享受」你的人生吧。

「他在想什麼你並不知道，殘忍的答案你心有分數。」

真實星座分析(上)

Facebook & IG收到千多個留言，不是由什麼星座書中得出的星座資料，而是由每個人留言提供給我的資料。也許會比較「準確」，而且「真實」。然後，我發現了一個現象，這個「現象」非常有趣，而且是非常「極端」。

這是一個「社會現象實驗」，我給大家比較一下，「自己本身是那個星座」的留言與及「我遇上那個星座」留言匯集。當你看到後，你也會覺得非常有趣，嘿。

「上篇」是雙子座、天秤座、水瓶座、巨蟹座、天蠍座和雙魚座。

事先聲明，別要罵我，嘿。

雙子座

「自己本身是雙子座」的留言

猶豫不決，別人眼中是花心，但他們眞正愛一個人時，會一直堅持自己不是三分鐘熱度。爲人樂觀，很傻，傻因爲太單純、太善良，人比較矛盾，但其實只是擁有一套跟其他人不同的邏輯。不計較金錢付出、朋友有難會見義勇爲。

「我遇上的雙子座」的留言

爲人善變，話變就變，想要一又想要二，自以爲是，對人忽冷忽熱，擅長隱藏自己眞實一面，甚至以虛假一面示人，久而久之，會不知不覺間自欺到以爲虛假的自己才是眞實的自己。可以前一秒對你很好，但下一秒變成陌生人。重色輕友、花心，常說謊。

天秤座

「自己本身是天秤座」的留言

一般都是帥哥美女，顏值高，重視公平，有自己立場與審美眼光。選擇困難症，卻開朗與豁達。大家總是看到他們陽光的一面，但是心底裡好多時候隱藏著不會給人看到軟弱的一面。個人能力頗高，不能隨便小看他們的能力。

「我遇上的天秤座」的留言

自戀、扮清高、博愛，說話圓滑，心中另有一個意圖。不懂拒絕別人，喜歡認識「外表好」的朋友與有利用價值的朋友。優柔寡斷，有時會冷落情人不自知，有時又會不自量力，以確保生命中的完美平衡。搖擺不定，自尊心強又自卑又驕傲，不喜對別人坦白，而且三分鐘熱度。

水瓶座

「自己本身是水瓶座」的留言

多說話，容易開心，但也容易傷心。外內、灑脱，對別人很好，同時有一種高冷的感覺。喜惡分明，對喜歡的人可以很熱情，對著討厭的人不出聲。對於仇恨不太執著，需要有個人空間跟自由。眼淚在心裡流，痛苦獨自承受，深夜的林黛玉。被稱爲最佳好女友、好男友。

「我遇上的水瓶座」的留言

口不對心、自戀、容易怕寂寞。個性格行古怪，有時非常難溝通。自覺美麗英俊又自以爲是。可以跟不同的人做朋友，但事實上不會對每個朋友都交心，在演出交心。當你以爲自己在他心中是朋友時，其實是Nothing。說話Mean，很多事都會選擇逃避。

巨蟹座

「自己本身是巨蟹座」的留言

顧家、有責任心、愛家愛對象、保守、專心，性情不定。只要有巨蟹座的場面會變得和諧，巨蟹座的感覺很敏銳，好惡的感情非常明顯。感情豐富，思想單純與天真，腳踏實地，懂得規劃未來，專一又貼心，可靠有愛心，很關心人，口硬心軟。

「我遇上的巨蟹座」的留言

同情心太泛濫，沒安全感，極重機心與霸道。小事已經會胡思亂想，會講一套做一套，天生的演員，帶點虛假，喜歡被人束縛，但暗地裡又喜歡自由，喜歡曖昧，天生多情，不懂開解與關心別人。

天蠍座

「自己本身是天蠍座」的留言

百變、神秘感大、高冷、有吸引力。佔有慾強，想一直得到對方的愛，自己付出，同時對方亦會付出。如付出得不到回報會記在心，記一世卻不會騷擾對方。同時是「你對我好，我必會對你好」的代表。獨行獨斷，敢愛敢恨。

「我遇上的天蠍座」的留言

好色、惡毒、冷酷、記仇，非常固執、非常強控制慾，有野心、有機心、傲嬌、爲喜歡的東西不眠不休、不擇手段。嘴賤、麻煩，當討厭一個人時會變得非常恐怖，陰暗面非常強大。

雙魚座

「自己本身是雙魚座」的留言

溫柔、厚道、情深專一。有創意，忍耐力和包容能力很強，很友善及樂於助人。喜歡幻想，在外看很開朗，但內心是痛苦。浪漫情感亦很豐富，愛上一個人時會全心全意，給對方很多的驚喜。

「我遇上的雙魚座」的留言

花心、麻煩、鑽牛角尖，看似心軟但其實不是這樣，看似傻呼呼但其實很重機心。飄忽不定、不溫柔、暴力。情緒化，會想太多無關痛癢的事，然後覺得全世界的人都辜負了自己。

綜合以上留言，大家看出了什麼？嘿。

這個「社會現象實驗」很有趣，我們有時會看不到自己的缺點，然後誇大了自己的優點，又或是，我們本身就是「自我過濾」了自己的問題，同時，「不肯認識」自己有問題。

別太介意，在我而言，星座是一種巴姆特效應（**Barnum effect**）的心理現象，我們人類，總會爲自己「度身訂做」的一些「人格描述」給予較高、較準確的評價。當然，也可以說是一種較準確的「性格分析」。

其實，做一個「自己喜歡的自己」不就好了嗎？

〈眞實星座分析（下）〉呢？

其他六個星座呢？

總有一天，我會寫出來，嘿。

不需相見　希望下次吧

討好

你還未清醒

虛假

不穩定

與回報

過分

你與我無關

都不會

短篇．短痛

HEART / TORMENTING

「這次不能在一起，下個一世再愛你。」

有些關係，就只能如此。當我學會不太在乎，我會再來找你；當我學識不用擁有，我會再來見你；當我學懂承受痛楚，我會再來愛你。可惜，這一世，我應該不可以學會、學識、學懂了。

如果，你問爲什麼不再找你？爲什麼不能再見面？爲什麼不會再愛你？都只因不能、不想、不敢承受這一種「痛楚」了。

我只能在那個沒有你的世界上，慢慢地好過來。對著這種「關係」，不再存在一點希望，因爲，我們知道，只要還存在「希望」，痛會繼續蔓延。

當我們看到某些還會說「永不放棄」的人時，會苦笑，因爲那些人還未痛夠，而自己，卻……「痛夠，再沒有然後」。

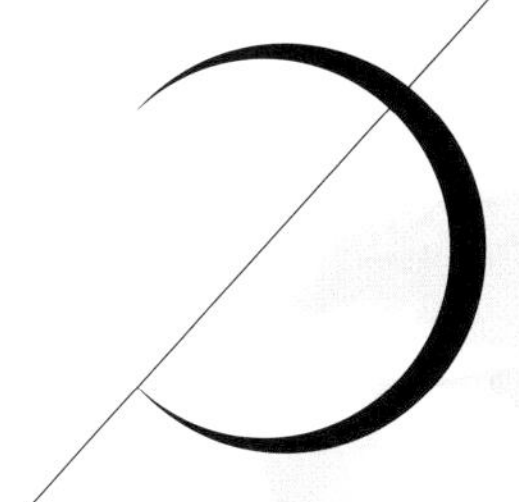

如果你問：

「還會跟我在一起嗎？」

「希望……下次吧。」

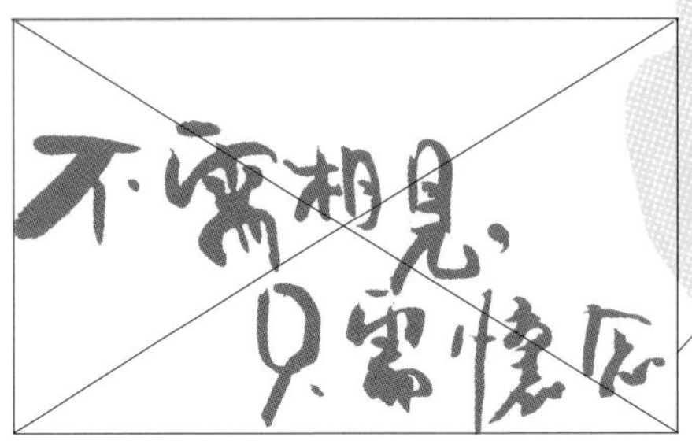

「事過境遷，心態改變，不需相見，只需懷念。」

香港真的很細，但你要再次遇上那個已經沒有聯絡的人，並不容易，除非，你主動去聯絡。不過，其實他不是活在你的腦海之中嗎？爲什麼還要刻意去「相見」？

我們都會「失去」，我們都會因爲失去而「痛苦」，不過，我們同樣也會「復原」。這是我們人生路上必經的過程。「他」已經是過去式，如果再見面還會有感覺，還會傷害自己，見面就失去某程度的意義了。

把他放入回憶之中，把你們的故事，那個曾經還沒長大的自己，通通放入回憶，懷念一下自己的成長經過，緬懷沒法改變的故事，或者，可能還有一點點的隱隱作痛，但總有一天，你可以不再痛苦地做得到。

「放下就是……你還在我心中，卻不會再心痛。」

10 2

「無意義的討好，只會死得更早，你真心不知道？」

城市人，我們莫名其妙地有一種「自卑感」，尤其是對著一個自己喜歡的人，我們不自覺就會不斷想討好對方。當然，如果是「相愛」，大家也互相討好對方，是沒問題的，但問題是，現在只有你一個在討好對方，而對方卻無動於衷，你覺得真的值得嗎？

「他有多好是他的，他對你多好才是你的。」

如果你不介意當然好，你就繼續討好、付出吧。

不過，你真的不介意嗎？當你不斷付出，就是想收回一些關心、感覺，甚至希望他會愛你，不是嗎？但他依然不把你當回事，你就應該知道該要如何做吧。

最怕，當你付出到一個無可收拾的地步後，他卻選擇了

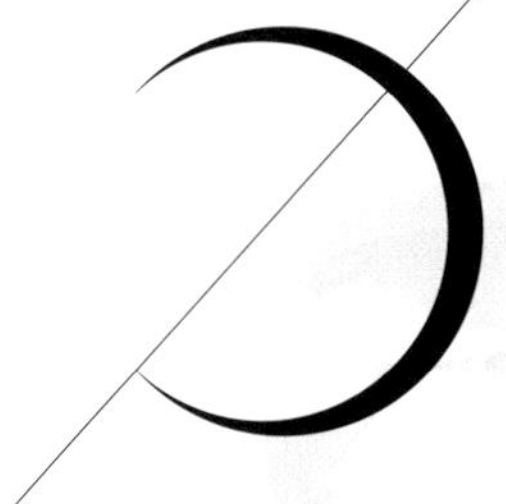

別人，也許，到時你會更痛苦。

你要知道，如果不能擁有，留點自尊就夠。

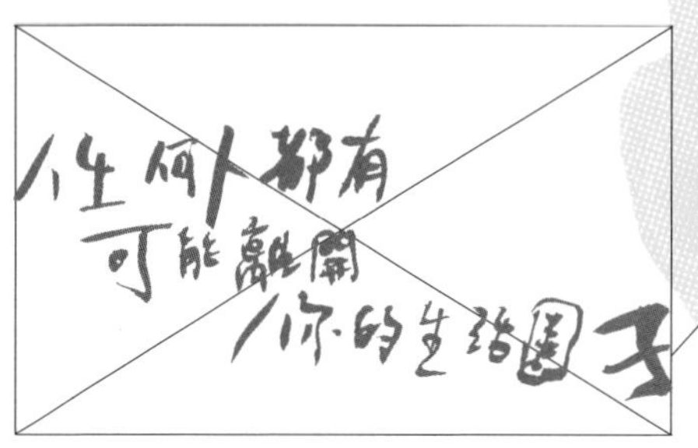

「任何人都有可能離開你的生活圈子，別要太過在意。新的關係，新的開始。」

你以為你們在Facebook、IG上，還是朋友，就是朋友？別太天真，其實他已經離開你的生活圈子了，只是大家沒有說出口而已。你以為還看著對方每天Post的相片，就是跟他保持著關係嗎？不，或者你是這樣想，但對方，並不是。

其實，無論是什麼人，都有機會離開你的世界，儘管你們曾經有多親密。別要太過介意大都市中人來人往的遊戲規則，我們太容易去結識新的朋友，很快就會把舊的忘記，不只是朋友，或者連曾經最熟悉的情人與前度，也會因為新的人出現，而被別人遺忘。

如果，自己太過在意，會變得相當痛苦。

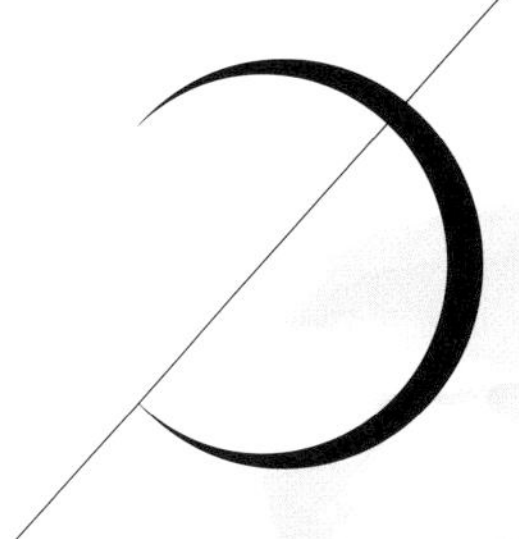

別忘記，他可以有新的開始，其實，你也可以擁有新的關係，新的開始。

「老老實實，其實他也沒欠你什麼，只是，你以為他還欠你很多。」

一直的不甘心，讓你不肯放過自己。

一段愛情故事，摧毀了你的生活，然後，你怪他、恨他，不斷想著他對你有多差，不斷想著他一定有報應等等，先停一停，其實，他已經沒有傷害你了，是你在不斷傷害你自己。

我們最喜歡把「其實已經完結了」的關係掛在口唇邊，還會幻想之後會有什麼發展，其實，早早已經出現了結局，你所想的「發展」，根本不會存在，更重要的是，你幻想得怎樣也好，你們其實「已經沒有關係了」。

有時想念或突然想起，是很正常的，不過，別要把那些

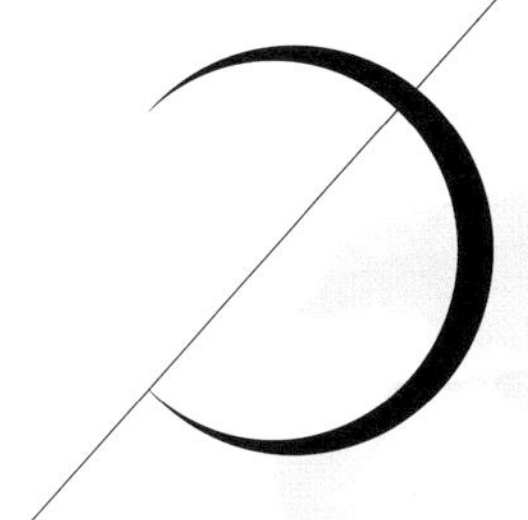

「感覺」放得太大，他只是你的過去，更最重要的，是你自己的未來。

那個「欠」你的人，其實已經不會「還」，請放過自己。

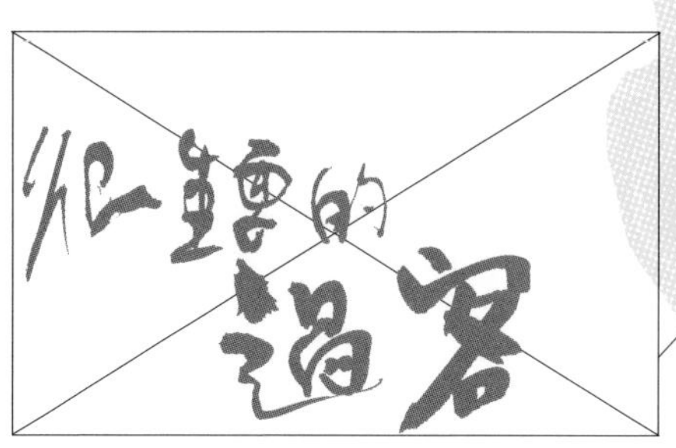

「大概，總有種關係是，很久沒聊天，很久沒聯絡，很久沒接觸，但在心中，依然是很重要的人。」

在這人來人往的大都市生活，我們都好像已經適應了有些人會成爲我們生活中的過客，可能幾年前曾跟某某發生過愛情故事，最後卻分開了，然後又再出現另一段新的感情，不久，又成爲「過客」。

我們都習慣，而且明白，有些人是不可能一起走到最後的，凡事也開始會想三個字，**『別強求』**。

當然，這是成熟的表現，現在還未可以放低的，未必明白這「強迫出來的成熟」，但總有一天當你遇上愈來愈多人之時，就會明白。雖然，沒有再聯絡那個「過客」，不過心裡還是給他一個重要的位置。有時會想起跟他的曾經，其實，有這想法是沒錯的，畢竟他也曾是自己人生中最重要的人。

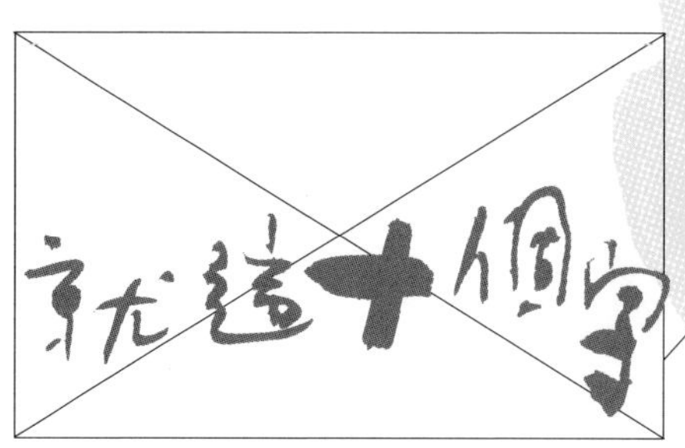

「我過得不錯，也祝你幸福。」

很多的故事，就這十個字。

遇上、相愛、結束，我們都習慣了這一個過程，也許最初的確是很難放下，不過隨著時間的過去，我們會發現已經不太在乎了，再過一段時間，可能已經完全不再在乎了。

大家各自也有屬於自己的生活，當然，有時會想他，不過已經不再痛苦。當來到這個階段，那一句祝福的說話，是眞的，因爲已經不再怨、不再恨、不再愛。

在這大都市生活的我們，都總會遇上不同的人與事，我們會從一個故事與環境，轉變成另一個完全不同的生活，所以，別要覺得失去，就是一切，因爲未來的日子，還有更多的事要你失去，然後學懂「失去後的意義」。

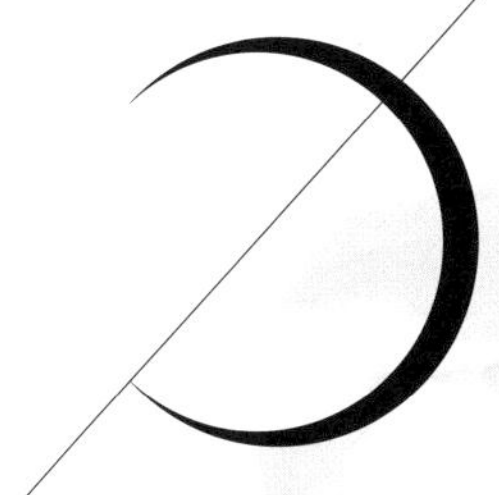

「而這十個字，還有其它意義，就是，讓你成長到不同層次。」

「還沒過完一生，你怎肯定沒可能，放下一個人？」

從前的社會，還沒有網絡之時，關係完結了，就是完結了，你沒法再看到他的生活，也沒法發個WhatsApp短訊問他過得怎樣。

現在卻不同了，關係完結了，不代表真正的完結，因為你還可能看到他的Facebook、IG之類的，當然，都是你沒法狠心刪除的原因吧。你還是要看著他沒有你也過得很快樂的相片、你還是會看到他掛念別人而寫的句子，你還是會接觸到他的「生活」。

我們沒法做到「完了就是完了」，然後，我們會覺得「不能放下」這一個人，因為他的一舉一動，還是可以牽著你的情緒而走。不過，身處在這個多變的城市與時代之

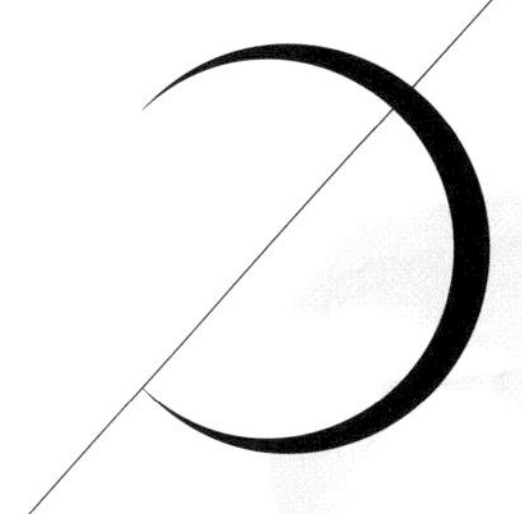

中，人際關係可以有無限的變化，請再讀多一次第一句子吧。

你真的不能放下？來日方長呢？

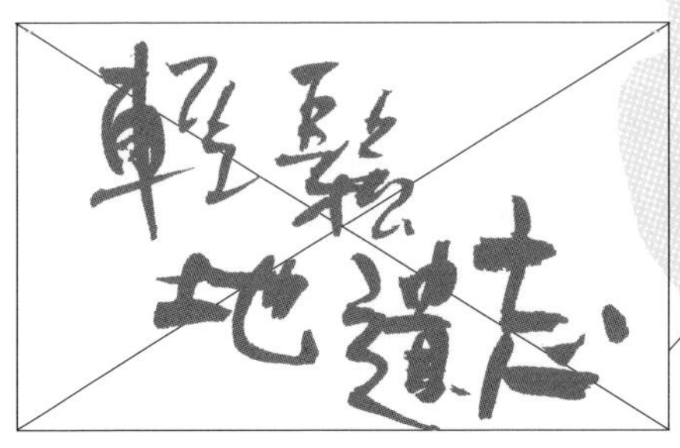

「別人輕鬆把你遺忘，你卻用力放在心裡。」

傻瓜。最近，好友在Facebook寫著「當別人把你遺忘，而你卻把別人放在心裡，其實…… 很難受」，就在那一秒，我完全感受到他的痛苦，不過，在下一秒，我在心中想：「其實……又有什麼問題呢？」

一段關係，如果是相愛一起走到最後，當然是最好的結局，不過，有太多關係就只能留在回憶之中。

已經分開了，我們不能強求對方跟自己一樣去想念，而且，在這個多姿多彩的大城市中，他遺忘了你也是正常事，不需要把「遺忘」這兩個字放大，只是你比他更珍惜從前的關係而已，又有什麼問題呢？

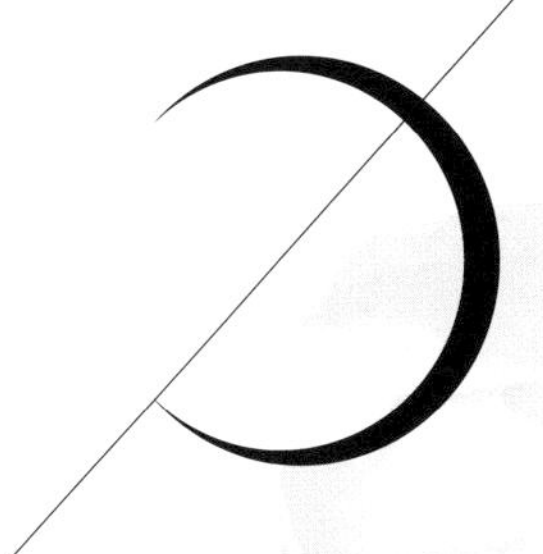

請記住這種「很難受」的感覺，時間過去了，你便會知道，

曾經有多難受也好，總有一天，也只會變成了「往事」。

朋友，我在。

「既然盡過力卻沒結果，就要懂得無謂想太多。」

不是，你的錯。

挽回、挽留、挽救通通都「挽」過了，但還是沒辦法把他留住，那就隨他去吧。如果是關於事業，也許我會叫你堅持你的夢想，但如果是愛情，你不應該「堅持」去勉強別人，而是要「堅強」去面對事實。

我知道，你對一段關係，絕對地全程投入；我明白，你對這個人，已經付出了很多，不過，沒有回報已經是事實，你無論如何去想，也不會是你想要的結局。

「既然沒法改變，何必執意眷戀？」

我們的人生，就是「在不斷錯過某些東西，然後得到另一種新的經歷」的過程，在過程中，難免會痛苦，但你

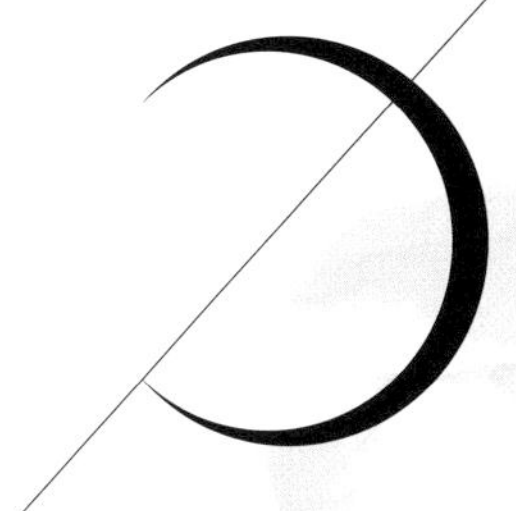

要知道，你的痛苦就是令你在未來路上變得更強大的原因，而且，你愛過他是真的，而他不愛你，也不是你的錯。

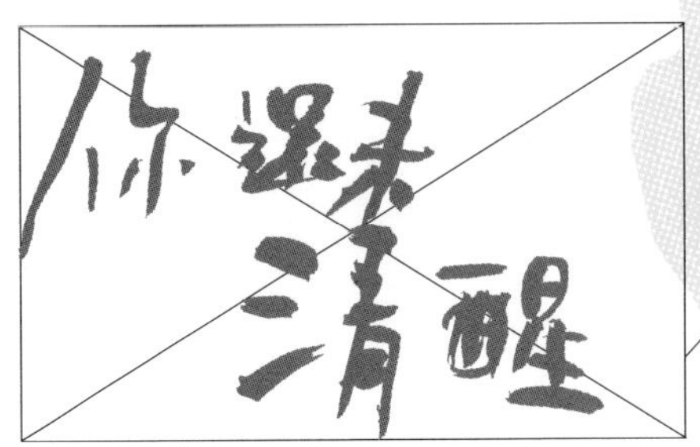

「有時是要過了很久才可接受，那一個接近侮辱的分手理由。」

老實說，明明是他傷害你，放棄你，你卻用回憶來懲罰自己，你眞的……夠白痴。但無奈地，我們每個人也曾經是「白痴」。

不過「白痴」的你與我，總有一天會眞正的醒覺，是因爲已經有新的生活、是因爲已經找到新的對象、是因爲其他事讓你把過去漸漸淡忘，什麼原因也好，或者，用的時間會比別人長，但最後你還是會醒，接受現實。

然後，你回想起那個接近侮辱的分手理由，你就會跟自己說：「嘿，白痴！」

在你最痛苦的時候，你是不會接受以上的文字，但當

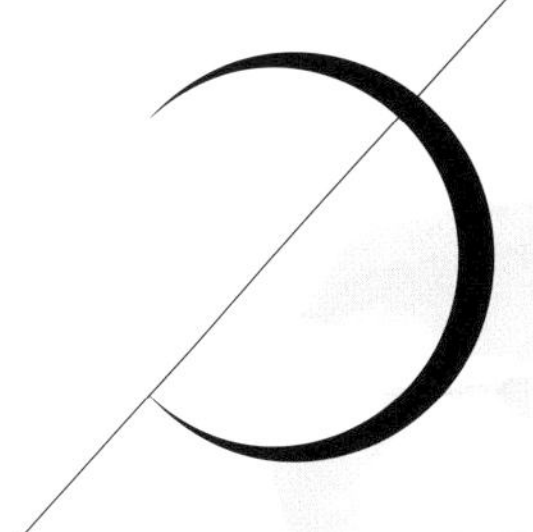

你遇多幾次這樣的經歷，遇多幾個壞人之後，你就會明白，其實那個人並不適合你。

或者，他只適合在你的過去出現，而不適合跟你在未來發展。

「如非有愛，何需花心思讓你知我依然存在？」

你有沒有試過，有意無意地讓對方知道「你依然存在於他的世界」？比如給他一個Like、比如留一個簡單的回覆、比如點入IG的限時動態中，讓自己的名字記錄在觀看人次之中。

對，我們都總是做著這奇怪的舉動，希望別人知道你依然存在。

老實說，如果那人對自己不重要，也懶得表明自己的存在，或者，你只是等有一天，他會跟你說一句：「你最近好嗎？」你已經心滿意足了。不過，別要太過期待，你要知道，每個人都有屬於自己的生活，他未必在意你，而且，你也有屬於自己的生活，別要把那個期望放大，

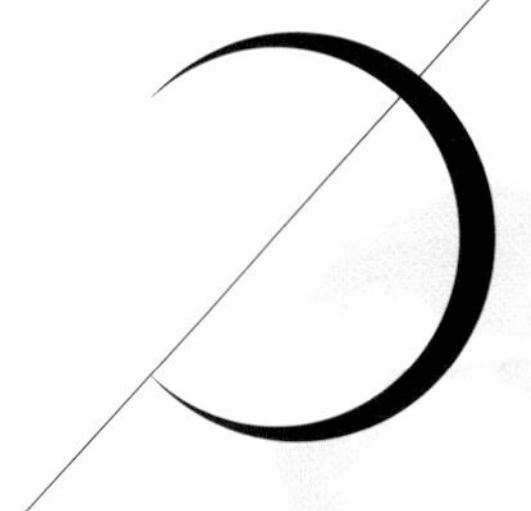

然後自討苦吃。

別忘記，「我存在於你的世界」這一句，其實，沒必要強求別人也同樣「存在於你自己的世界」。

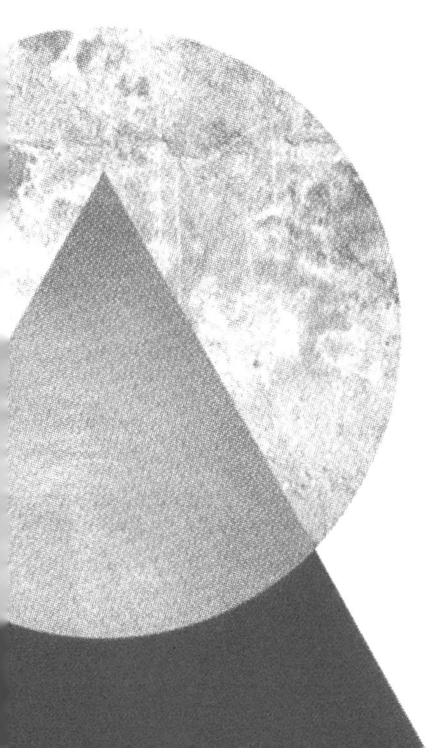

「無論今天有多不捨得，還是要有放下的一日。」

給自己定下一個「限期」，而這個限期以後，不再等待、不再存在任何的希望。的確，如要死心，你先要對自己殘忍，才能從新，重生。你把爲他痛苦與傷感的情緒變成了你的習慣，然後，無了期地一直在折磨自己，這是一個無底深淵，只要他有任何的「動作」，你就會因而痛苦，你不能這樣過著自己的生活。

你可以用餘生的時間去回憶，但你同時要有自己的生活，甚至不再爲他的存在而生存，你需要定下一個目標，而目標的內容就是**「我回憶時不再為他而痛」**。所以，如果要過新的生活，給自己定下一個限期，是非常重要的事。

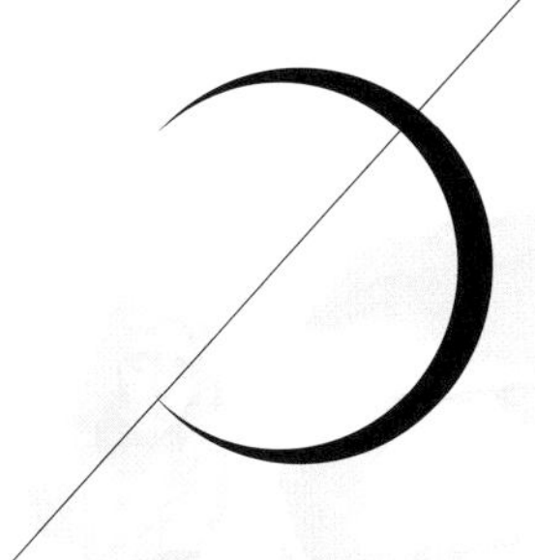

雖是困難，但當有天你終於走出他的世界，你會慶幸，

你定的那一條Deadline，是你的救命恩人。

「放下就是，突然想起，原來很久沒想起你了。」

當你有天，把習慣都忘記了，就是眞眞正正放下一個人。你失去了他多久？一小時？一天？一星期？一個月？一年？接受分離，是人生最難的課題，沒有人可以一學即曉，除非你冷血，不過，就算不能一學即曉，你也會慢慢從不同的「分離」之中，明白到「快樂會有完結的一天，但同時，痛苦也有結束的一日」。

當你突然想起他，才發現已經很久沒想起他，那一刻可能會有一點點的痛苦，不過，這證明你已經離開完全放下的路程，不遠了。

你人生中還會遇上很多人，很多人會給你「突然想起」，這些不是什麼不正常的事，這是你人生中每個時期的自己，

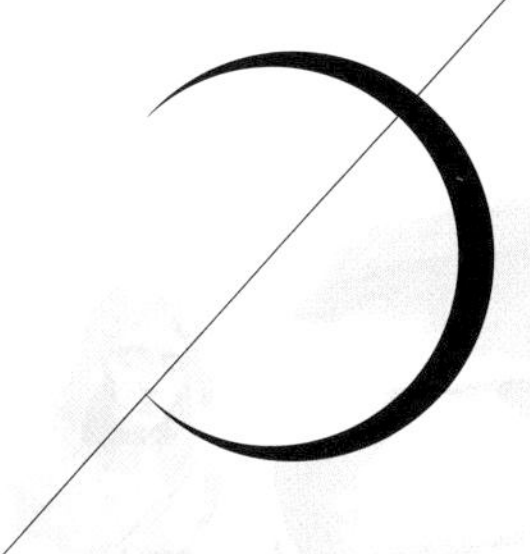

所經歷的往事，而因爲有這些「往事」，才會有……

現在的「你」。

分手時，當他跟你說：**「你會找到一個比我更好的人。」**

而其實，意思是在說：**「我想找到一個比你更好的人。」**

沒辦法，這個社會的生存之道，就是喜歡「假說話」，無論是聽，還是在講，社會都充斥著虛假的說話，如果用美化的詞彙修飾，就是「美麗的謊言」。

我聽很多故事，從來也沒有聽過，放棄別人的一方，說出的分手理由是「我鍾意咗第二個」。一百個故事，也未必會有一個，但事實是「他」，眞的愛上別人了。

記住，無論他用什麼方法離開你，藉口有多「美麗」也好，他始終還是想放棄你，所以，你不需要用「死纏」去把關係挽回，如要心死，你先要把他的美麗的謊言當是虛情假義。

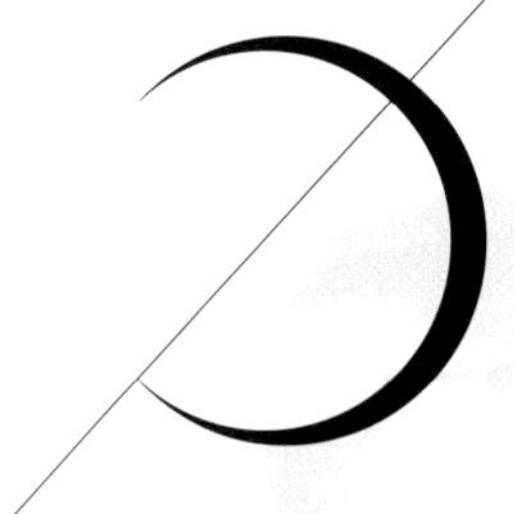

不是想你不相信任何人，只是希望你早日可以走出那個痛苦的深淵。

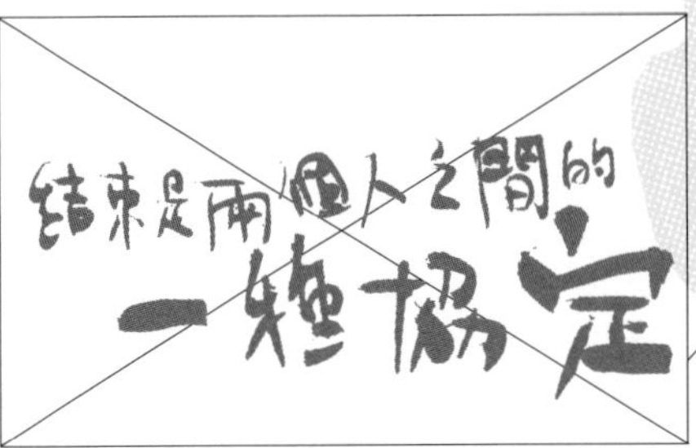

「結束是兩個人之間的一種協定，但對於單方面未必是真正結束。」

有天，我跟朋友聊天，正好來到這個話題。什麼是「結束」？如果是兩個人眞正妥協，結束一段關係當然是最好的協定，而且還可以成爲一世的朋友。不過，大致上「兩個人的結束，都是一個人的決定」，所以，被放棄的一位會痛苦。

我在想什麼才是「眞正的結束」？

如果還未結束，那個人會陰魂不散在自己的腦中與心裡，有時會消失，有時又突然出現，他無時無刻會影響你情緒，明明已經沒再見面，但你還是每天想起他。

如果你正是這樣，還未結束。但當你看到這裡，才想起

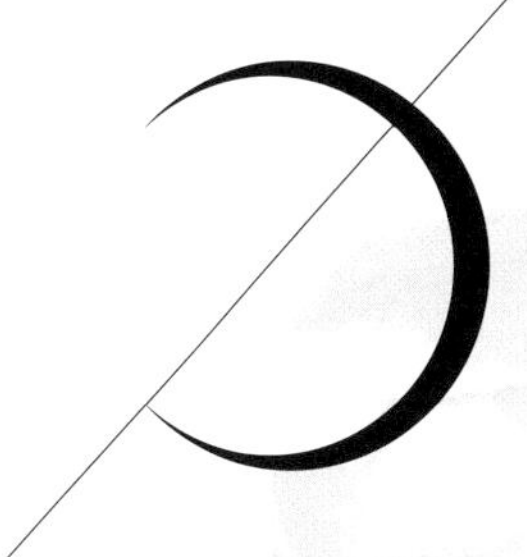

了「某個人」，然後你笑著回憶有快樂有痛苦的過去，那個人、那段戀愛的關係，已經結束了。

總有一天，你會眞正的結束。

「別忘記，你記得有多深，不代表，別人就要著緊。做一個愛自己的人。」

我們都經常犯一個錯誤，自己還沒有忘記一個人之時，就覺得那個人同樣沒有忘記你，然後，去嘗試再次接觸這個人，才發現，一切已經改變了，他很陌生，再不是你曾經認識的人。

老實說，當你們再沒有任何關係時，他會接觸到不同的人，走入了不同的圈子，認識到新的朋友，甚至是遇上新喜歡的人，他已經有屬於自己的世界，而這個世界並不需要有你的存在。

所以，就算你沒有忘記也不代表他還會著緊，請別要抱著「還有可能」的心態去面對已經完結的關係。當然，

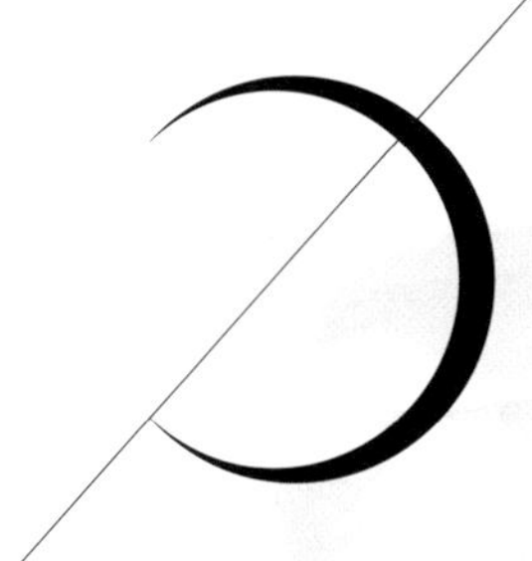

凡事不是完全沒可能，也許你們還有可能會再次走在一起，不過，不存在太大的希望，就不會有更大的失落。

只是，不想你變得更加痛苦。

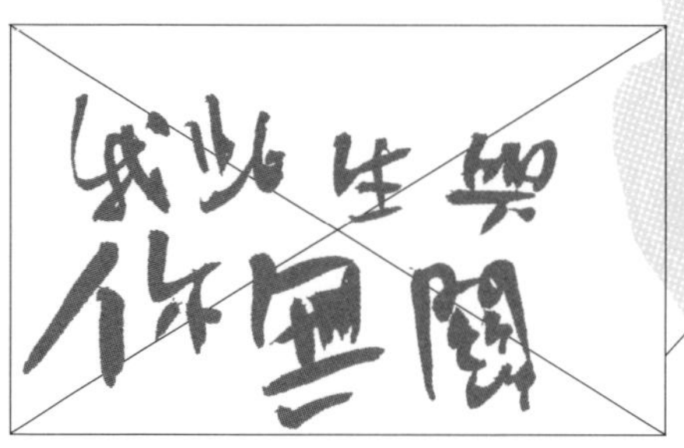

「如果要由地獄重回人間，要接受我此生與你無關。」

爲什麼你一直還在痛？因爲你走不出他的世界，你不懂、不願、不想承認「我此生與你無關」。或者，你們互相已經不在對方生活圈子中出現，不過，你依然會在Facebook、IG中看到他的生活，你又再次想起你們曾經的故事。

沒辦法，有時是要絕情，不只是對別人絕情，要對自己絕情才可以「重生」。你要給自己不能回頭的理由，甚至是藉口，你不能一直給自己任何希望，然後，每次都失望。

有些人，離開了就是離開了，他絕不像你一樣依依不捨，就算他說有，你也別要相信，因爲你根本知道他不是你想的那一種人。

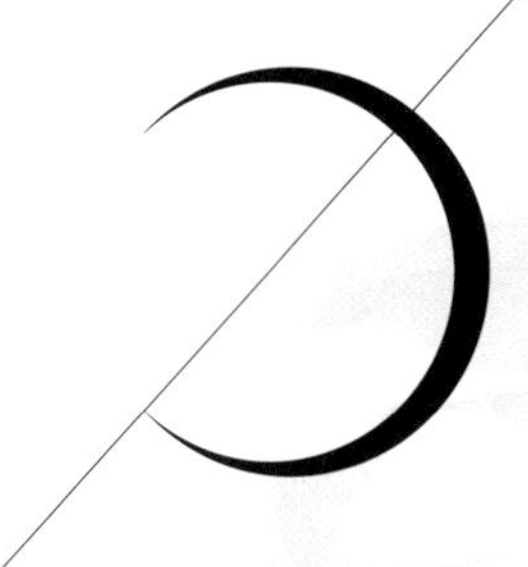

對，很絕情，不過總有天，你會知道這一刻的絕情以後，你會找到新的生活，這才是絕情的「最大價值」。

每次，當我們後悔愛上某個人，然後就會跟自己說不會再愛上「這一類人」，可惜，不久，你又會愛上同一類人。就算，時光倒流，給你再選擇一次，你還是會愛上他，**我們總會死在某一種人手上。**

如果以科學的角度來看，因爲我們會被某一種別人散發的「荷爾蒙」所吸引，才會出現這一個現象，無論他是人渣、賤人、仆街，就算朋友通通也叫你放手，你依然不會聽，依然會走入這個陷阱之中。

不過，這只是你人生的「上半場」。

就因爲你被人渣、賤人所玩弄很多次以後，你會慢慢長大，你就會懂得選擇「適合」自己的人，這時候，你的「下半場」才開始呢。

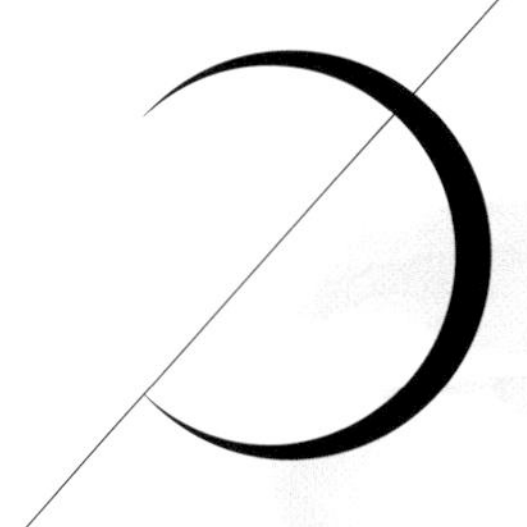

別忘記，你「總會死在某種人手上」同時，某些人，也會死在你手上，請好好珍惜那個對你好，又死在你手上的人吧。

「當你開始計算付出回報的正比，證明你終於開始懂得愛惜自己。」

很多人都說，愛一個人，「不求回報」。的確，是有不計較回報的人，不過，多數都是在電視上看到的故事情節。當然，真實的世界，也肯定有這樣的人存在，但那個人，以你自己的性格來看，會是「你」嗎？

付出，當然是想得到回報，只是你付出得不到回報之後，才會再想「其實也不需要回報呢」？這才是最「眞實」的想法。

要做「好人」、要派「好人卡」沒問題，但你要清楚事實，如果給你有機會得到他，你會放棄嗎？其實，付出了卻得不到回報，正常事，所以請你在付出同時要量力

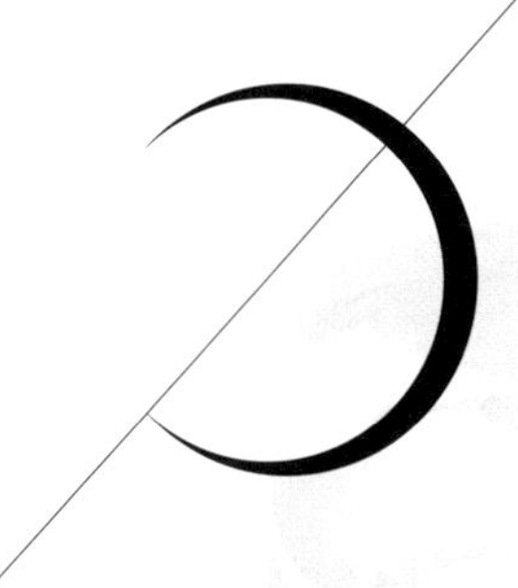

而爲，而首要的，就是在不傷害自己的情況之下，在愛惜自己同時，去愛護那個不會給你回報的人。

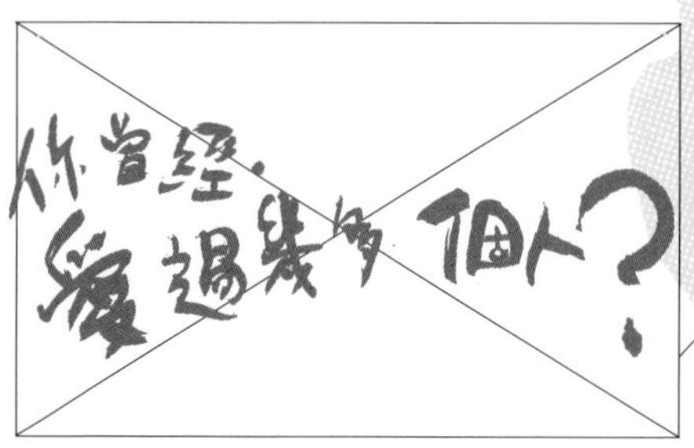

別說愛情是沒有「時限」，在說永遠之前，我來問你：

「你曾經，愛過幾多個人？」

你聽過幾多次永遠？同時，又說過幾多次「我會永遠愛你」？

現在，你還愛那個說過永遠的人嗎？愛是有「時限」的，痛也是。爲什麼其他人可以相愛白頭到老？因爲，來到某個關係，已經不只是愛情，而是變成了家人，大家除了「愛情」，還多了一份「責任」。

在你尋找著這份「責任」的過程中，無奈地，你會遇上很多錯的選擇，或者，正確來說，是幸運地，你會遇上很多錯的選擇，然後才可以找到一個眞正的「責任」。得不到想要的結局當然會痛，但你就試試問一下自己：

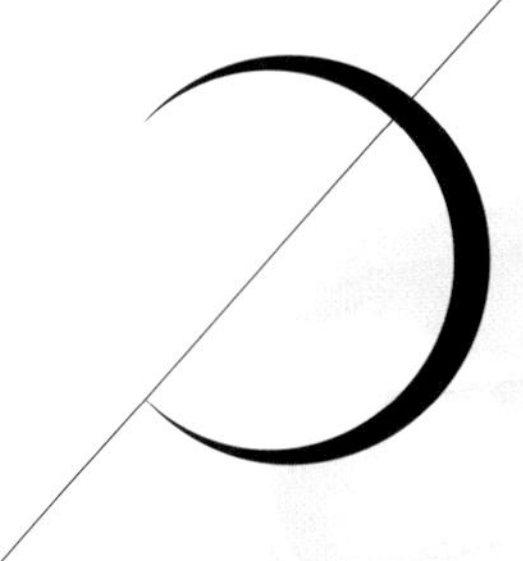

「我曾經愛過幾多個人?」

然後,你就會發現,曾經讓你死去活來的那個人,你已經不再爲他而痛了。

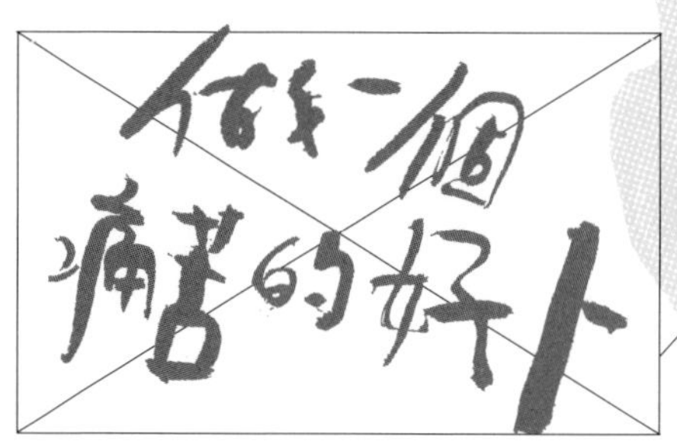

「做一個痛苦的好人？還是做一個快樂的壞人？」

如果用在「生活上」，大致上，八成人都會選擇後者。但為什麼，你還留在那個傷害你的人身邊，然後繼續做你的「好人」？因為，你用在「愛情上」。

愛情，總是超出了人類的正常邏輯，無論你是一個多理性的人，你也墮入過可怕的感性之中，你會愛上一個不愛你的人、你會繼續在乎一個不在乎你的人、你會為一個不會為你傷心的人傷心。

這一種不能抽離，明明自知沒可能的關係，讓以為凡事都可以理性處理的你，更痛苦，更沒法處理。

如果，你暫時不明白，因為你還沒遇上這個要讓你在乎

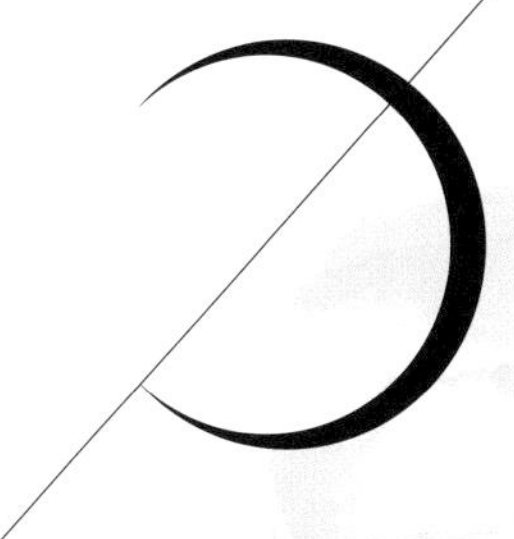

得要死的人，但當你身邊的朋友在「做一個痛苦的好人」時，請別要怪責他，因為，他也沒法控制這一種對一個人好的感覺。

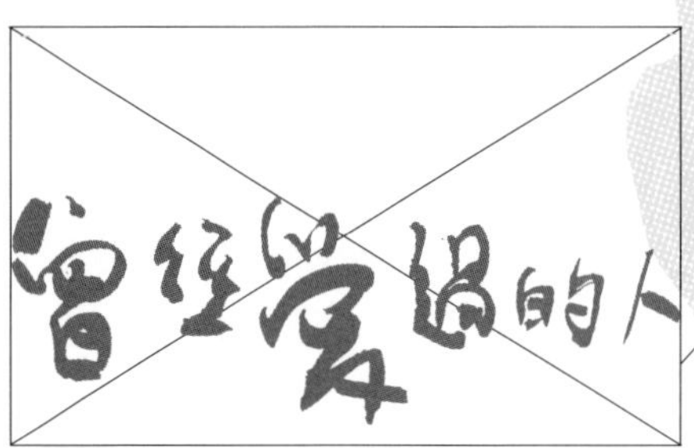

「曾經愛過的人，總會愛上別人。」

這不竟是「預告」，更是「提醒」。

你要有心理準備，失去先會痛一次，然後你要接受幾次的痛，才可以眞正復原。或者是他愛上別人、或者是他將有一天結婚、或者是他又再失戀，你莫名地，又再爲了一個已經不在你生活圈子的人，「受傷」。

那個「曾經愛過的人」一直纏繞著你，就算你已經想盡方法不去看不去聽有關他的消息，偏偏又會被你知道。所以，請你先有心理準備，你是不只會痛一次，同時，你會出現很多次想找他又好、祝福他又好的「衝動」，不過，在此刻，請你壓抑著那一種打擾的衝動，因爲你用什麼身分再聯絡他，他也不會再是屬於你。

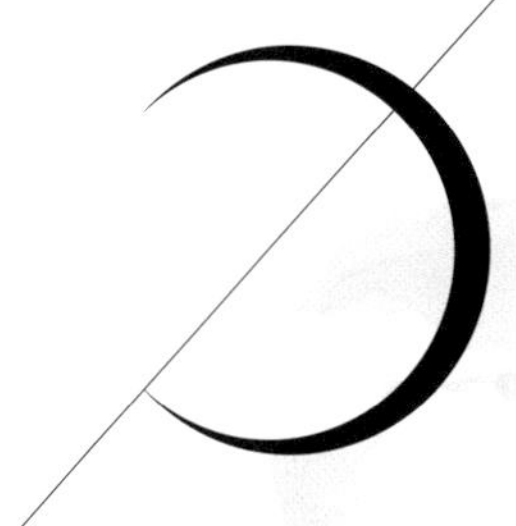

當有一天「痛夠」，你就會明白「曾經愛過的人」，只不過是自己故事的一少部分而已。

「說起某個星座，你立即聯想起的人，不是很重要，就是超討厭。」

完成了一本關於十二星座的懸疑小說，最近經常跟朋友談起「星座」，我發現，朋友們最記得的星座，除了是自己與最重要的人，就是那個曾傷害自己最深的人星座，然後，下一句就是：「我永遠不會再愛上這星座的人。」

很有趣，就因爲一個人，討厭了世界上十二分之一的人。

不過，我可以肯定，其實那個傷害你最深的星座，本來就有一種吸引你的地方，當初你才會深深愛上他。

「永遠不會再愛上這星座的人？」

先聽著，因爲人類是最「犯殘」的生物。無論，那個星

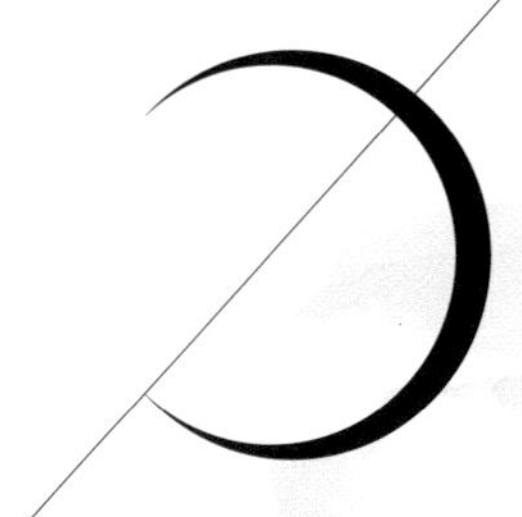

座討不討厭，他也是你人生中其中一位給你回憶的星座、其中一個給你經歷的人，不然，你又怎會在我問這問題時，第一個聯想起他？

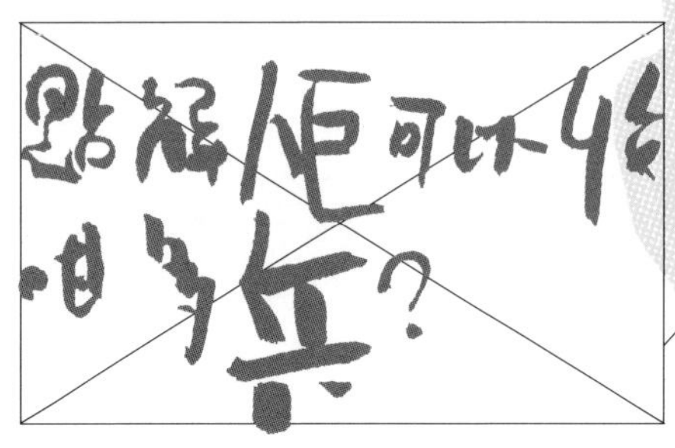

「點解佢可以收咁多兵？妳唔得？咁我問下妳，如果佢啲兵畀晒妳，妳真係要？」

有時，妳唔係果種人就唔係果種人，妳明唔明？佢要對住一個唔鍾意，甚至可能係討厭嘅人笑咪咪，妳做唔做到？如果妳做唔到，就唔好問點解自己唔得，人哋係「專業」。

老實講，利用好多人去鍾意自己，而增加「存在價値」同「自信心」係正常嘅事，不過，依個唔係唯一快樂嘅方法，妳重有好多其他增加「存在價値」嘅方法，比如令自己生活有品味、比如自己買得起自己想要嘅嘢，唔一定要人送先有價値。有時，有自己嘅生活態度更加重要。

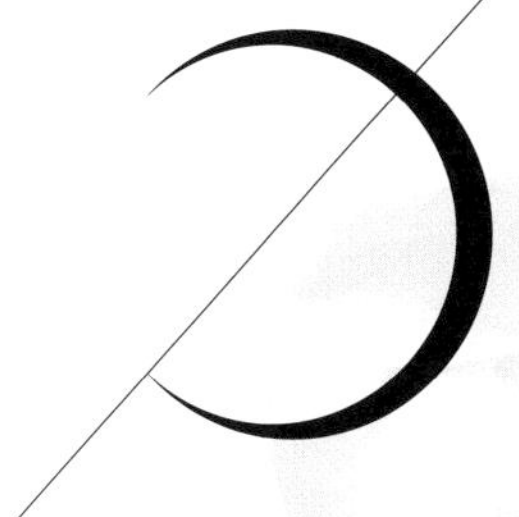

妳唔需要收好多兵，因爲妳唔夠「技巧」，**妳只需要等一個，真心願意愛妳，而妳又愛佢嘅人，就已經……足夠。**

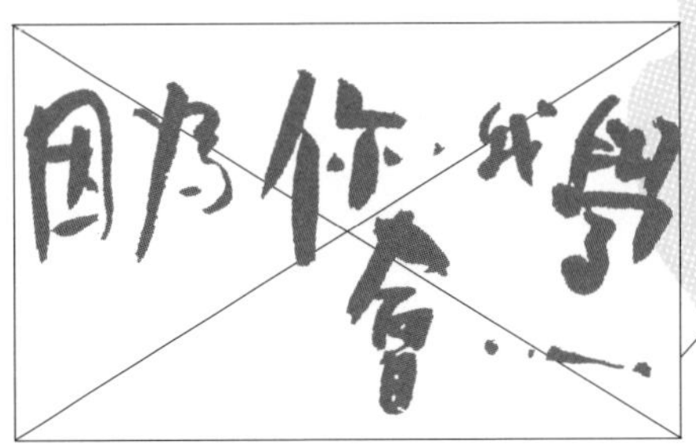

因為你，我學會……

有些東西是不可能永遠擁有；想念一個人的眞正意義；珍惜眞正快樂的時刻；失去只是一種過程，會過去的。

因為你，所以我學會尋找屬於自己的快樂。

有很多關係，未必可以走到最後，這樣的關係就變得沒有價值？不會，每遇上一個人就會有一種領悟，儘管，沒有任何的結果，你還是在每一段關係中學習到新的處事方法。經歷過被放棄的痛苦，總好過什麼也沒經歷；發生過爲一個人沒法停止流下眼淚，總好過沒有人可以讓你流下眼淚。

我們的人生之中，都是因爲出現了那個傷害自己的人，才會得到某程度的成長，或者，你不要感激他，但就是

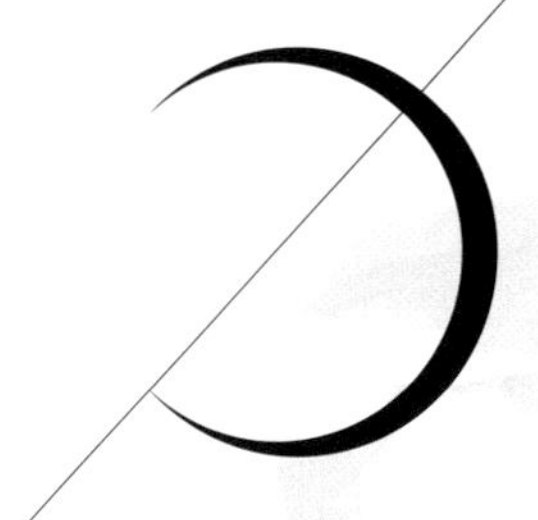

因爲他，讓你把自己變得更好。假如，你有一天能夠謝謝曾經傷害你的人，你就明白「因爲你，我學會……」的眞正意義。

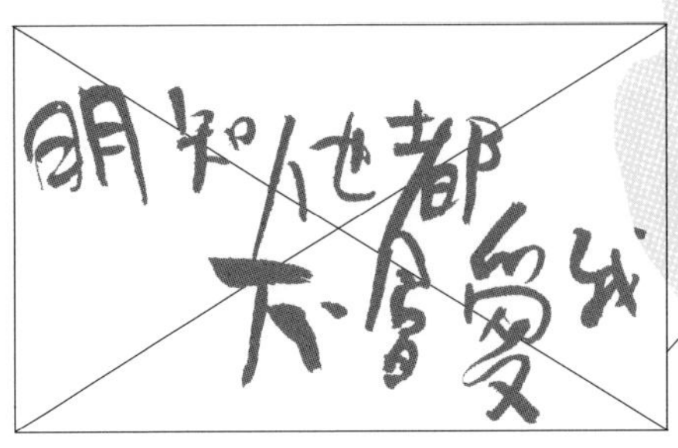

你是不是「明知他都不會愛我，依然希望還有結果」？

如果因為這原因讓你非常痛苦，請給自己多一點絕望，放手吧。

不過，如果你覺得「至少我還在你的世界」因而感到一點的快樂與安慰，可以繼續下去。你還可以看到他的微笑、聽到他的聲音、你還能夠以朋友身分繼續保持聯絡，如果你懂得把愛情放在另一種關係與相處之上，其實，你也可以很快樂。

當你經歷得愈多，愈會明白有太多人與事，不是「你想擁有就可擁有」，如果不能佔有一個喜歡的人就放棄這段關係，其實也是另一種「浪費」。只要你能夠分得開，是要放低一種感覺，而不需要放棄一個人，你就會明白

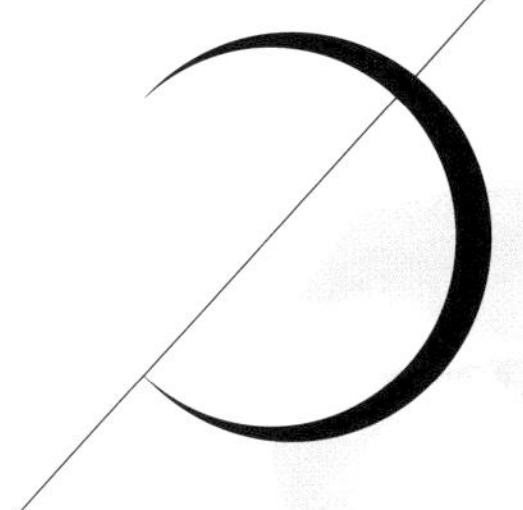

爲什麼這麼多人願意成爲別人身後的**「那一個人」**。

記得，以上的選擇，不是由他決定，而是由你自己決定。

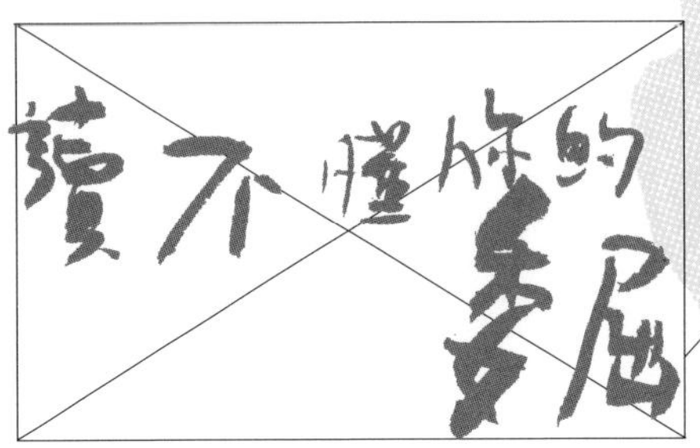

「他讀不懂你的委屈，你看不懂他的煩惱。」

在這大城市生活，我們都遇上很多委屈、煩惱與痛苦的事，當你跟別人分享的時候，別人可能會說你負面，你又會覺得他很冷漠，慢慢地，你愈來愈覺得沒有一個人明白你，你開始遠離「某些關係」。

我可以跟你說，不只是你，我們都一樣，沒有任何一個都市人例外，所以，我們的真心朋友不會太多，「讀懂你的人」不會太多。

不過，我肯定一件事，你比其他人更懂你自己，別要埋怨那些不懂你痛苦的人，別要再增加自己的煩惱，你就是你自己的「治療師」，多點跟內心的自己「對話」，用自己可以接受的方法去鼓勵自己。也許，這才是你放

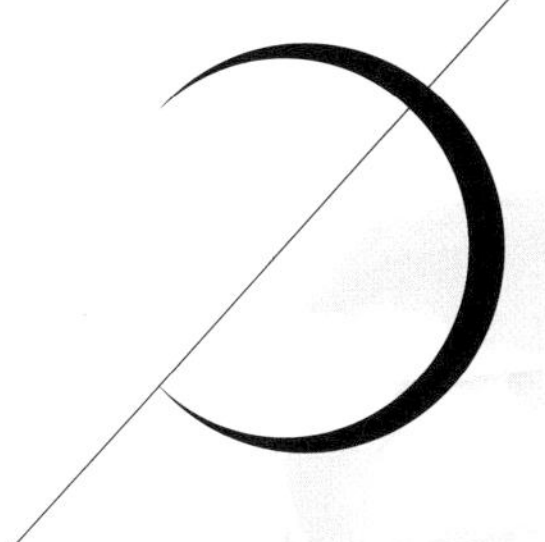

下某些執著的方法。

我經常跟內心的自己對話，然後笑笑自己，這樣比找一個不懂自己的人聊天，快樂多了。

「有些人，喜歡就可，想擁有，無謂想多。」

你知道，有些人你是不可能擁有的，更正確的說法，就是「現在式」的你沒法吸引那一個人愛上你，所以，無謂想多。

但不能擁有，不代表不喜歡，如果你以「佔有」一個人來衡量愛不愛他，我知道是很正常，但老實說，你未必很「愛」。

愛一個人，就算沒法擁有，還是會「愛」，當然，那一份愛未必會變成情侶的關係，但也可以用其他身分去愛著這個人，成為他的「最佳位置」。世界上，沒法得到的人和事多的是，別要把「佔有」成為你愛不愛一個人的標準，這樣，你也會比較快樂。

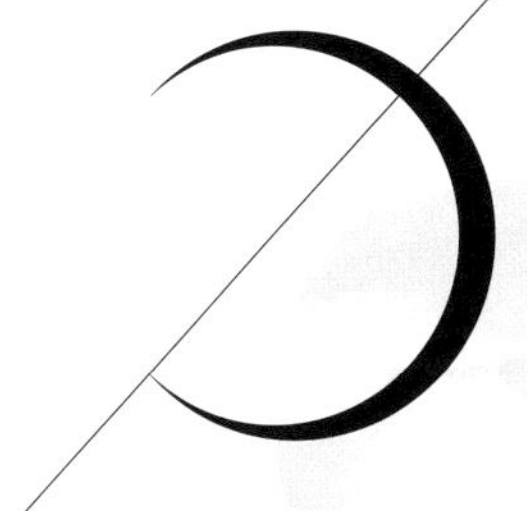

我們就將想法改變一下，不是他「不需要你不喜歡你」，

而是你……「**讓他變成你得不到的人**」。

HEART
/
TORMENTING

如果「那個人」眞的值得你浪費時間，你就不需要像現在這樣痛苦了。

記得，說什麼願意等他一世、愛他一萬年而不需要擁有、浪費時間在他身上沒問題等等的，先決條件，是你不會因爲他而「痛」。比如，他找到了新的伴侶，你不會太痛苦，反而會替他高興；比如，他失戀了找你來安慰，你要知道自己只是過渡的水泡；比如，你不會因爲他每日出的**Post**或照片而有所傷感，你的「浪費時間」，也許值得。

但問題是，你在浪費時間同時，你痛，你不斷地折磨自己，請問你的時間眞的浪費得值得嗎？

人生之中，快樂是很重要的，請問他讓你一天有幾多小

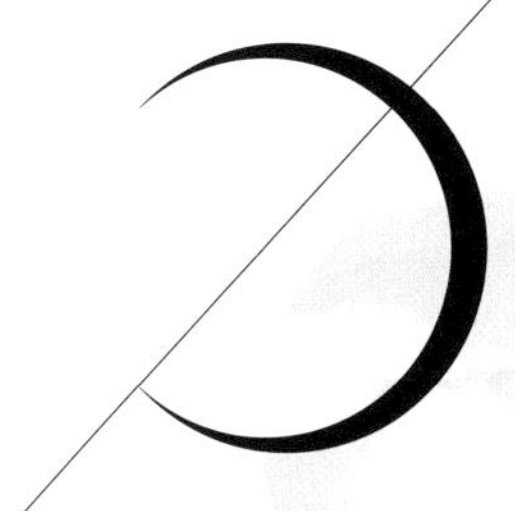

時痛苦呢？如果你還是覺得值得，好吧，傻下去吧，總有天，你會痛到醒。

「別讓浪費時間，成為你的習慣。」

A0。A是Available，0是拍拖次數，A0代表了「從來也沒有拍過拖」。

最近有位朋友問我，要不要跟一位A0開始一段關係，沒錯，他的重點不是放在外表與內在，反而是放在「A0」方面。他會覺得一個成年人還是A0，必定有問題，不然，不會到現在也沒有拍過拖。當然明白他的想法，但他擔心的都是「未開始的關係」，是誰說沒拍過拖的人就不懂得拍拖？

有時，我們就是想得太多，用一個框框去限制自己與別人，他是不是A0不是最重要，而是你喜不喜歡他，他疼不疼你才是「重點」。

其實反過來說，拍拖次數多也未必懂得如何去愛一個

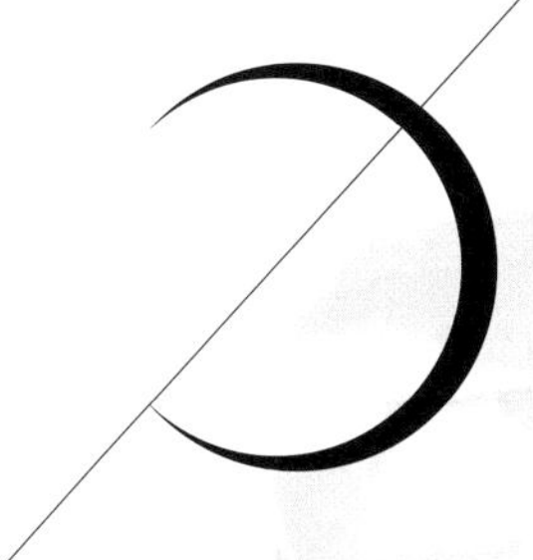

人，因為已經習慣了「替換」，未必一定會珍貴一段關係，所以是A0，還是A100，也不會是戀愛的重點。

「沒有人會真正了解你，因為你根本對誰也不一樣。」

在這個社會中生存，你沒可能只有「一個自己」，你會用不同的態度與不同的性格去面對不同的人與事，正因爲如此，沒有人會眞正了解「完整的你」。

很多人都會說別人不了解自己，其實這是很正常的事，因爲朋友永遠不會看到你那個獨處的自己，也不可能看到你跟其他人的相處方法，所以，當有人跟我說「你根本不了解我」時，我都會笑著回答：「我了解你對著我時是什麼人，已經足夠了。」

人類是非常複雜的動物，如果你找到一個了解你一半或以上的朋友時，請別要因爲他不是了解你的「全部」而放棄這段關係，這樣，你會過得比較快樂，至少，你不

會覺得「全世界的人也不解自己」。

誰最了解你？

讓他知道吧。

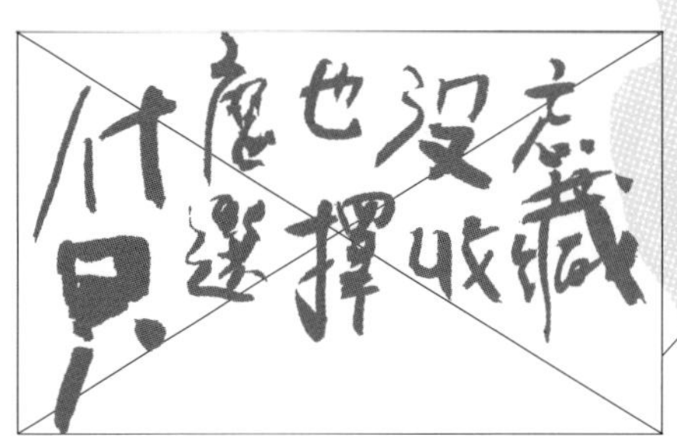

「成長就是，什麼也沒忘，只選擇收藏。」

你還能夠對著任何人大聲說出那個人的名字嗎？如果可以，恭喜你，就算你沒法跟他一起，你是幸福的，因爲，你至少可以「說出口」。

有很多人，就算喜歡，卻有太多太多的原因，沒法說出來。

有時，能夠把對一個人的感覺、回憶、經歷通通收藏起來，也是一場很長的「鍛鍊」。當然，那些被收藏起來的感覺與情緒，你從來也沒有忘記，只是不再對著任何人表露。

成長就是這樣，你會慢慢知道，已經不能改變的故事，就算說一千次、一萬次也不可能改變，所以，我們會把

「遺憾」收藏起來，當聽到某一首歌、走到某一段路、看到某些東西時，才會拿出來回味，這就是一種成長了。

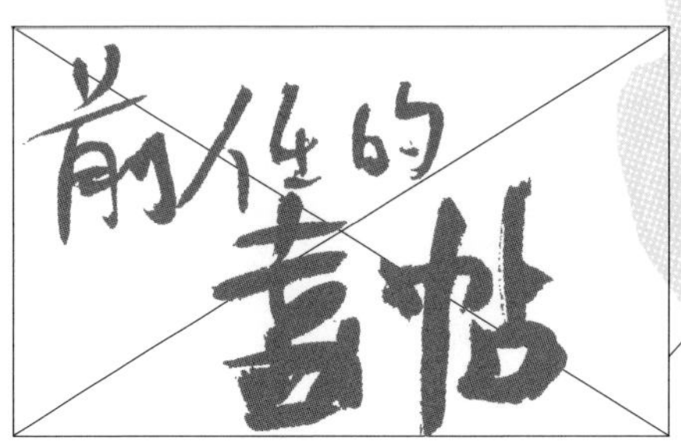

好友問我：**「前度給我喜帖，去嗎？」**

在這個小島中生活，地少人多，少不免會遇上這情況，你又有收過嗎？

我跟你分析。

如果，你還在乎他，去了現場要扮作不在乎，去來幹嘛？更大問題是，假如你真的不再在乎了，別人還是說你「扮作不在乎」，更加不要去。除非你已經完全放下，再沒有一點感覺，去吧。

有時，「未準備好」就別要難爲自己，如果是爲了一啖氣，更加無謂浪費時間吧。「已經放下」與「未能放下」兩種身分我也做過，感覺是完全不同的，「已經放下」這一種，去到前任的婚禮，是眞心祝福對方幸福快樂的，

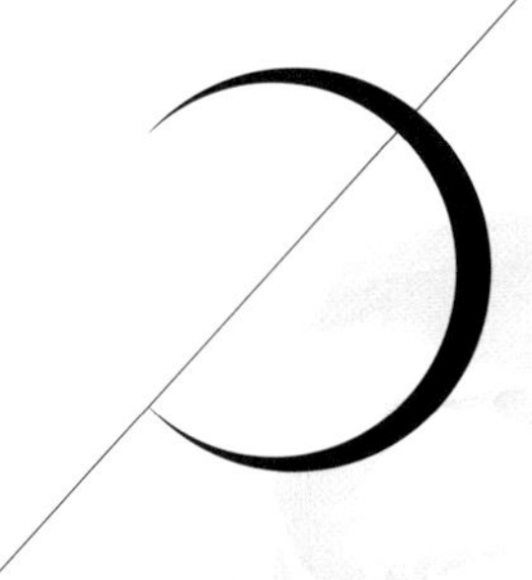

而後者卻沒有這感覺，所以可以肯定，問我的這個好友，不去會是最好的選擇。

「你是否喜歡了一位朋友？很想說出口？」

首先，所有的關係都是由朋友開始，所以「喜歡上一位朋友」是完全沒有問題的，問題是在……

「你覺得做情侶會比做朋友更好嗎？」

或者，你正在掙扎，要不要向對方說出自己的感覺，就是表白了。你先要衡量一下成功的機會，同時，你更需要接受，無論是成功與否，你們的關係將會急速改變。有時，「未準備好」這四個字，未必是在說對方，而是你自己，你要先想好了最壞的情況，如果覺得是值得的，去吧。

而「值得」的定義，不一定是「得不得到他」，而是「你覺得是不是無憾」，如果明知可能連朋友也沒得做也能

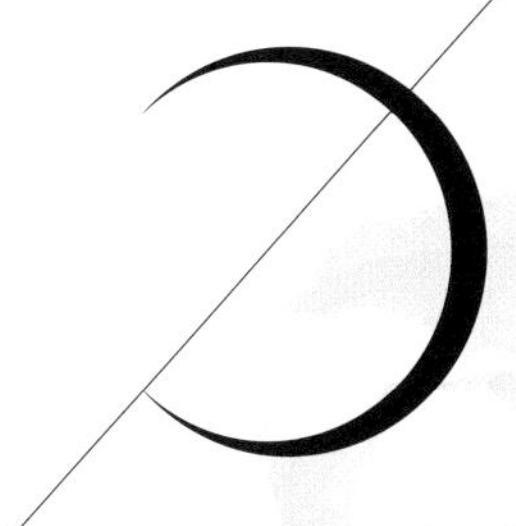

接受，你就表白吧，最重要是，別要後悔，如果還未有這個心理準備，別走出這一步。

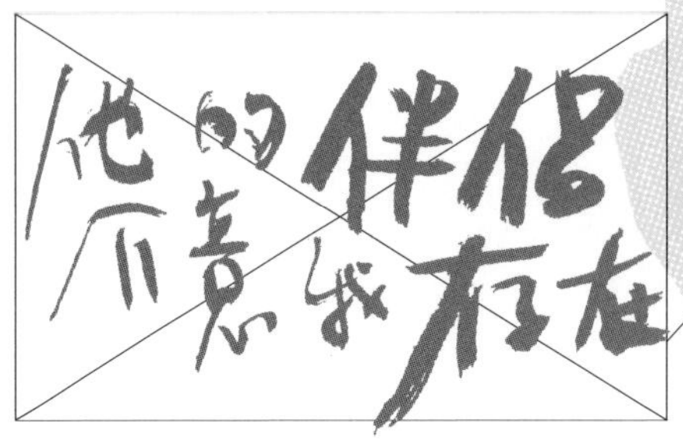

你有沒有一兩位眞心的異性朋友呢？

你們認識多年，比他現在的男／女朋友認識更久，但奇怪地，他的伴侶竟然介意你的存在。

有些人永遠不相信「有眞心的異性朋友」，因爲他們從來沒有，所以也不能完全怪責這些人，同時，也別要因此而影響大家多年的友情。老實說，大多的友情會比愛情長久，當好友換了不知多少個伴侶，但你還在，而且可以互相安慰，這才是最重要的。

當然，也不能阻止好友愛上一個不喜歡你的人，你依然希望他會得到幸福，或者，時間久了，他的伴侶還是會明白，你們只是「朋友」、「兄弟」、「姊妹」，別要因爲

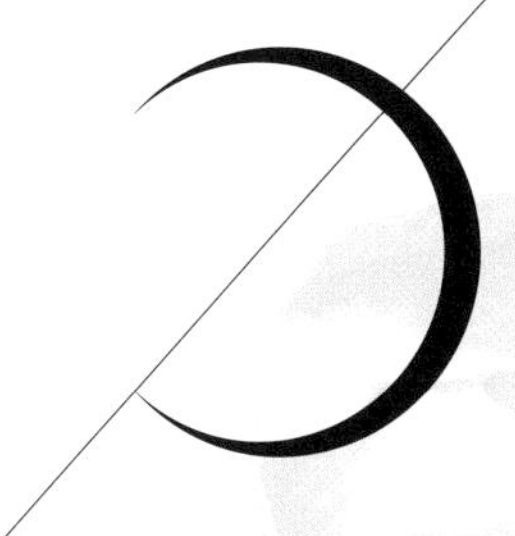

「前期」的不太了解而互相討厭對方，這樣，你的好友也不會太過難做吧。

「友情比愛情長久，有經歷才更深感。」

「你要假裝堅強到什麼時候？你本應要走，但不肯放手。」

朋友接二連三出現了感情問題，雖然他們都笑著說「我沒事」，但他們的表情已經出賣了自己。

有時，我在想，在我面前爲什麼還要扮堅強呢？當得到愈來愈多的經驗以後，我終於明白原因了。因爲，我總是說出一些「眞相」，而這些眞相，是他們不能、不想、不肯接受的。

「你本應要走，但不肯放手。」

他們沒法面對血淋淋的眞相，然後，開始在別人面前假裝堅強。有時，說出眞相的原因，是想當局的人清醒，而不是在傷害他。我當然知道，要離開不是一件簡單的

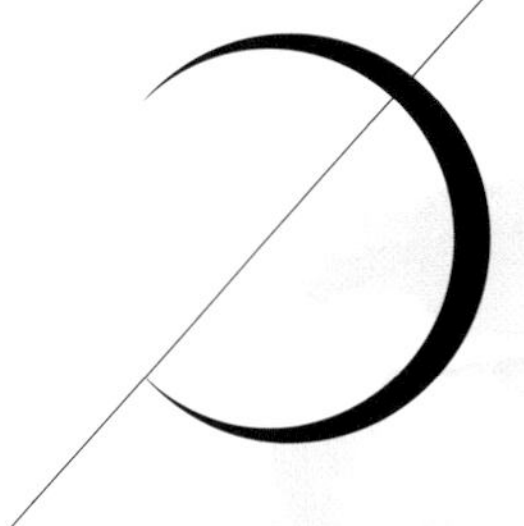

事，但繼續留下你快樂嗎？一萬人有一萬個走出痛苦的方法，但肯定不是在假裝堅強心在痛這一種，請好好想清楚，努力去接受一個你不想要的結局。

心動是什麼感覺的？

很簡單，你不會因爲不化妝給大廈的看更看見而覺得很醜，但被他看見，你會，醜上加醜。

很簡單，你會按入去他的IG由頭看一次，不止，你還會看有什麼人給他「心心」，甚至是看看有什麼朋友Tag他，然後再按入去那個朋友的頁面繼續看。

很簡單，你會因爲他對你說的每一句說話，想出一萬個不同的解讀，而事實是，他根本沒有你想這麼多。

你心動了。

有時，喜歡一個人沒有什麼原因，也許是你正好單身，而他正好寂寞；又或者，你正好感到孤單，他正好出現

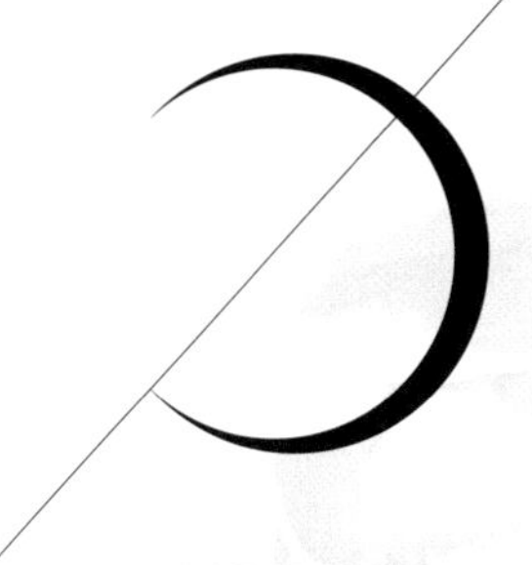

拯救了你，關係開始了。無論是怎樣，對一個人心動其實是一種「情緒反應」，你不能控制，應該說是你想控制也沒法控制，所以，**當你對一個人心動時，請好好記著這感覺**，因爲，不會有太多人可以讓你「心動」。

有一些人，只要愛上一個人，就會把全部的自己交出，就連自我、性格、尊嚴通通交給了對方，然後，再做不回自己。

這一種人……「最危險」。

如果你眼中的世界，只有他一個，是最危險的事，因為只要你失去了這一個「唯一」，你的世界將會完全崩潰。不是要你不把「全心交出」，而是要你交出同時，保留一點屬於自己的自尊、個性、自我。

願意爲一個人而改變是好事，但不是單方面，而是雙方都願意爲對方付出與改變才是正確的，如果你只是一個人永遠的放縱對方，而自己覺得很痛苦，你根本就是在虐待自己。

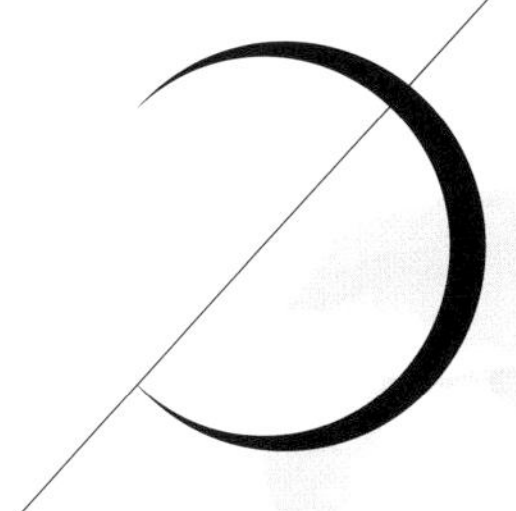

你不只是他世界中的一隻棋子，而是你們一起製造的世界其中兩個「主角」。

「只有我喜歡你，再不理世界任何道理，最可悲。」

「有些人，只看見你絕情的轉身，看不懂你埋藏的內心。」

有時，因為痛到要轉身離開，卻被人說是絕情，你說，有什麼比這更「絕情」？誰不想跟喜歡的人快樂地生活？誰不想跟深愛的人一生一世？問題是，他不斷地觸碰你的底線，讓你痛苦地掉眼淚，你寧願扮作絕情地狠心離去，也不想再糾纏於沒有結果的關係之中。

唯有「絕情」。

世界上，有太多人看不懂你的內心，不過，沒問題，就讓他看不懂吧。有時，你根本不需要為任何人而活，做一個屬於自己的選擇、做一個屬於自己的自己，讓看得懂你內心的人看見你，然後，再不需要對誰絕情了。「痛定

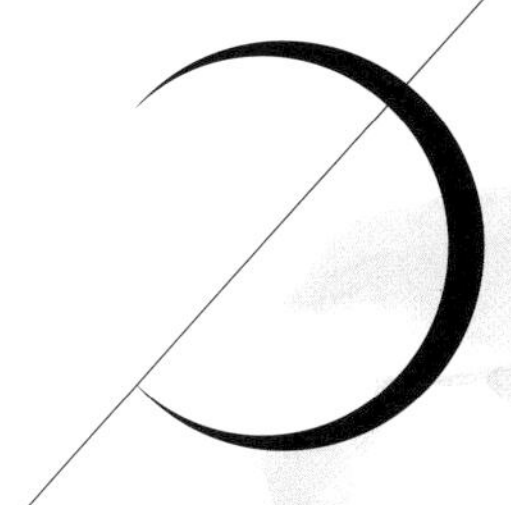

思痛」從來也是要學習的，沒有人一出世就學會，

但願，你能從痛苦中學習這一種「領悟」。

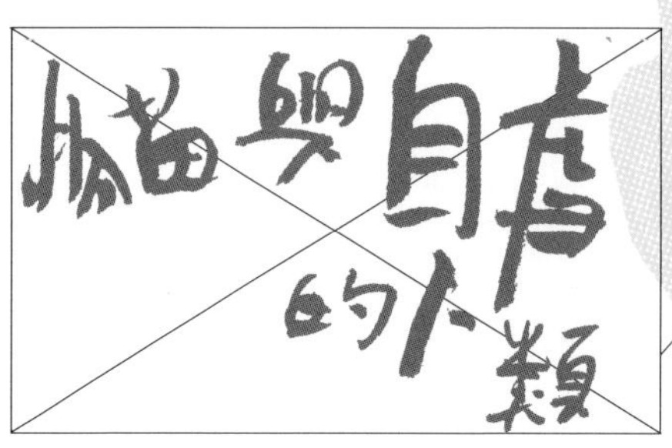

養了九隻貓之後，我終於明白，爲什麼人類會這樣喜歡貓這種生物。

因爲我們不多不少都有一些「自虐」的心理，同時，在自虐之中，希望獲得「成功感」，有點像愛情吧？

大多數的貓，都不會像狗一樣聽從人類的命令，牠們很有自己的個性，我們人類會有一種很想征服牠們的心態。當然，我們是征服不來的，慢慢地，人類會選擇「妥協」，我們會用上各種方法去取悅牠，就如你去討好一個不喜歡你的人一樣。

這一種自虐的心態，是沒法改變的，因為我們心中，總是會覺得「對他好一定有回報」這個想法。

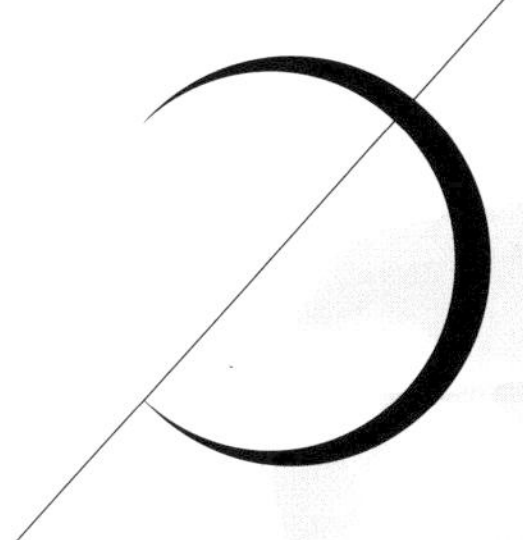

爲什麼你不能像貓一樣如此「有性格」地生活？

因爲……

「你沒有一個像你一樣對牠們這樣有愛的主人。」

「當你喜歡到極致，人渣都會當天使。」

最危險的事。

對著某個人，盲了與被鬼迷，你試過嗎？有時，「愛情」兩個字，就是這麼無道理，旁人永遠不明白當事人明明已經叫苦連天、死去活來，偏偏卻絕不離開，然後還會用「勇氣」、「偉大」、「永不放棄」等等台詞去美化作賤自己的行爲。

當我遇上這些朋友，我會放棄。

不是要他放棄，而是要他繼續，而我放棄安慰了。

有些人，眞的要去到被傷害無數次才會醒，我們做朋友唯一可以做的，就是永遠站在他的身邊，當他有天終

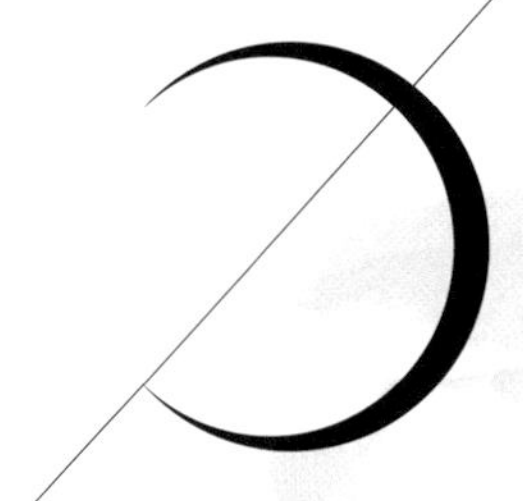

於明白「勉強無幸福」，他就知道「人渣當天使」其實是……

最白痴的事。

「我放棄安慰你，很明顯，但我還是站在，你身邊。」

「睡覺前，寬恕所有人，別忘記，還有你自己。」

我們每天都會發生很多不同的事、遇上很多不同的人，當然，有很多人與事也不是自己想接觸的，比如你討厭的老闆、同事、老師、同學等等。還有那個沒禮貌的餐廳侍應、有體味的討厭大叔、不讓座的惡相大媽等等。每天都會出現一些你討厭的人和事，如果你每個人也討厭，你應該都幾忙，不如試試在「睡覺前，寬恕所有人」吧，好嗎？

慢慢地，你就會發現、你開始反思，為什麼要浪費時間在一些不喜歡的人身上呢？

嘗試一下，跟自己說「寬恕所有人」吧。

不過更重要的，請在臨睡前，寬恕與原諒，一個努力在

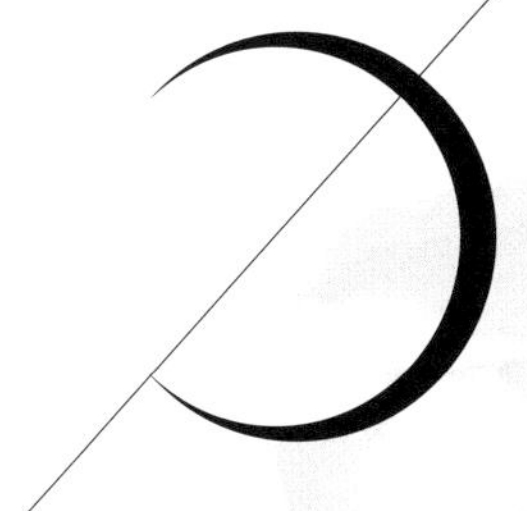

這個大都市生活的……「你自己」。

無論是被分手，還是被拒絕，把懲罰自己的時間一天一天減少，你一定可以做到。

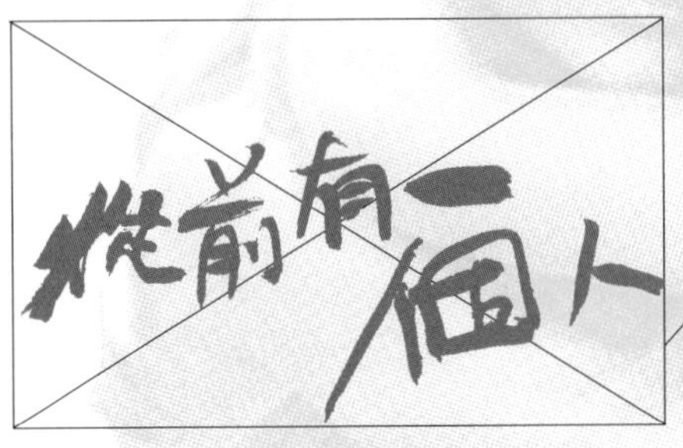

從前有一個人讓你痛苦、快樂、流淚、微笑，從前有一個人進入你的世界、離開你的生活，當你已經想不起那人是何時開始，何時離開，這證明了**「快樂是從前的事，而痛苦也變成從前」**了。

從前，我們的確遇上過一生也不會再遇上的人，不過，他已經成爲了回憶，而你的人生中必須有回憶，才可以說是「屬於你的人生」。有時，想起了「從前」難免會有一點苦澀，不過，當你明白到「快樂是從前的事，而痛苦也變成從前」，你就會明白，如果你沒跟那個人發生了某些經歷，你就不會有現在的自己了。

「心結」的構成，是因爲你暫時想不通，把某些感覺轉變成另一種感覺，當然，這是「暫時」的事，總有天，你可以做得到。

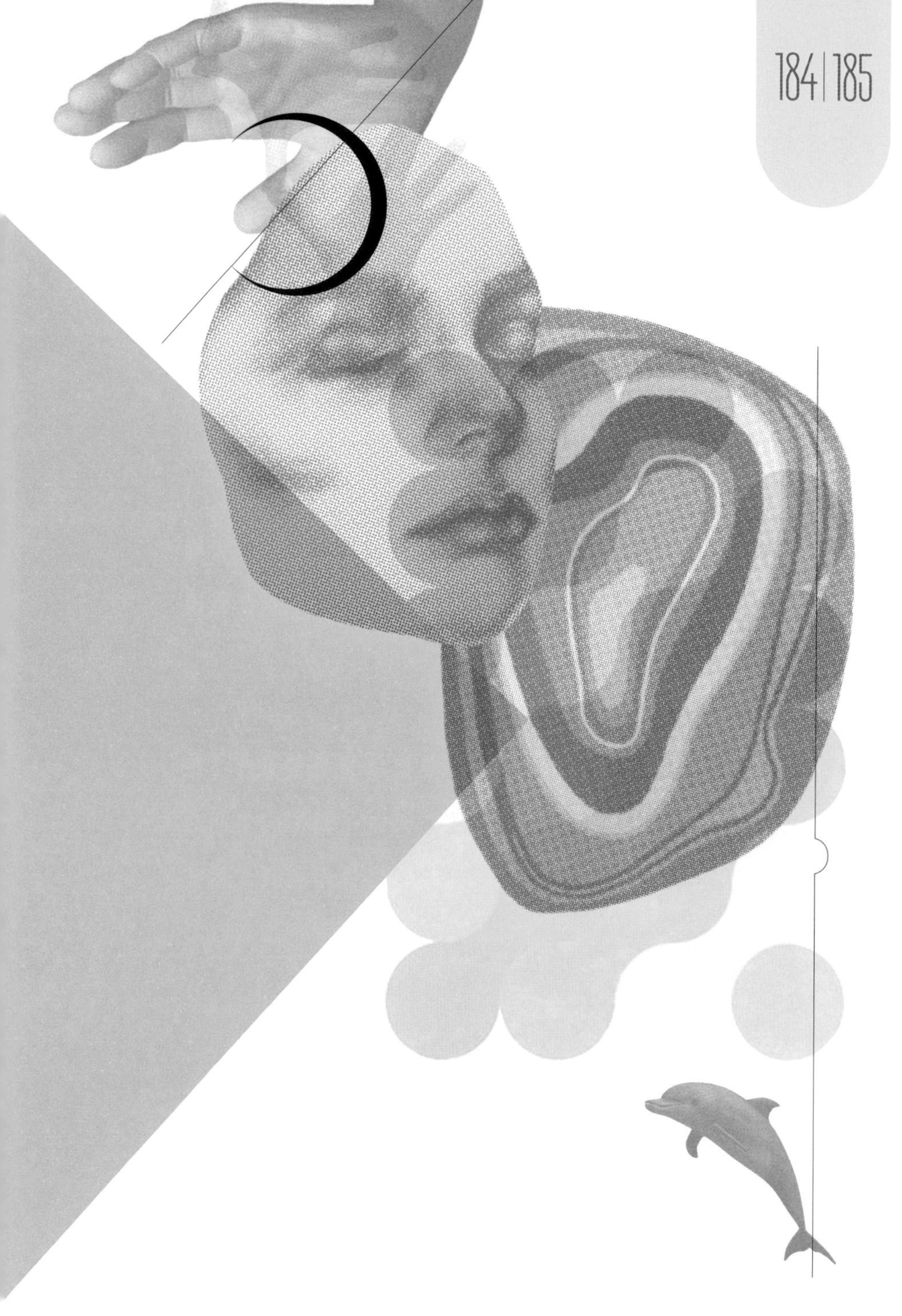

HEART
/
TORMENTING

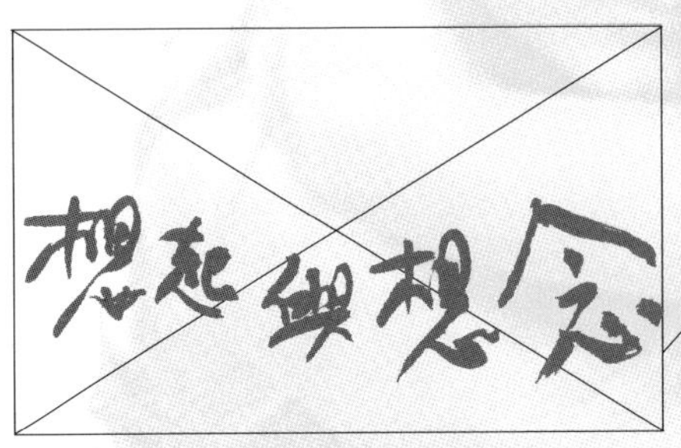

有時，要分清楚，「**想起**」與「**想念**」的分別。

在寂寞時，會想起的那個人，請別要立即瘋了一樣去聯絡那個人，或者，他並不想你去接觸他，因爲你會騷擾到他。

「想起」是經常發生的事，別要把這感覺變成了「想念」。當「想起」他時，也許第二天你在繁忙的生活之中，已經忘記了；但「想念」不同，是持續與長久的，但不代表你就可以接觸那個人，更應該要「把他放在心中」。

當你想念他，拿起電話的一刻，輸入「你最近好嗎」之前，你要想想，他是否會同樣想你聯絡他，當然，答案你自己已經相當清楚。有時，不去接觸，未必是一件壞事，我們要知道把某些人與事留在回憶之中，反而是最好的選擇。

你還不知道？

再經歷多幾次痛到生不如死，你就明白了，嘿。

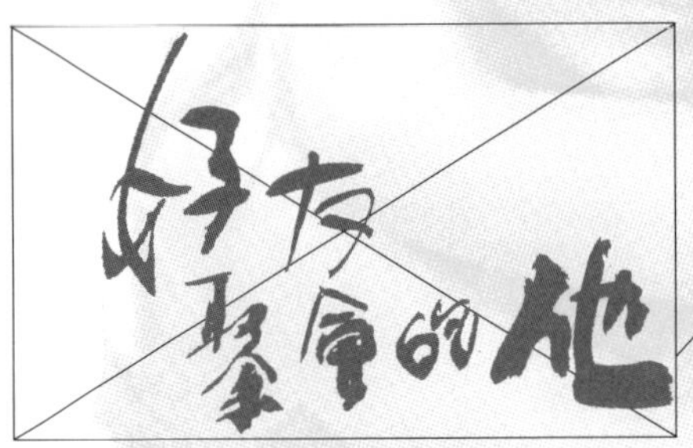

「每次跟好友談論愛情時，你又想起了某人的樣子。」

有些人，無論你跟他是什麼關係，都會讓你在好友聚會中，提起他。

然後，你就多喝兩杯了。

這種人，性格、外表，甚至是他的魅力，都沒有什麼任何的共通點，而共通點，就只有一個……「你沒法得到」。可能是已經失去、可能是已被拒絕、可能是默默戀上，通通都是你沒法得到的人。

人類的腦袋是很奇妙的，我們會因爲這樣而不斷提醒自己「其實我很喜歡他」，然後就需要用更多時間去放下一個人。雖然，忘記未必是一朝一夕的事，但的確是可

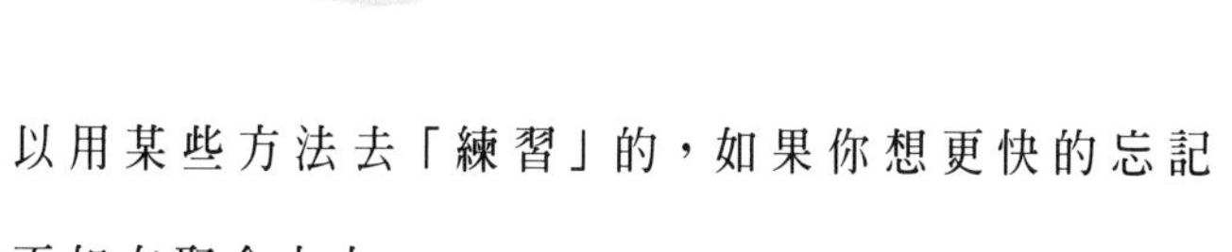

以用某些方法去「練習」的，如果你想更快的忘記，不如在聚會之中……

「你又想起了某人的樣子，試一次，不提及他的故事？」

「承認自己曾經心有不甘，才能放過自己重新做人。」

你有不甘心嗎？或者，你會說沒有。眞的沒有還好，有些人明明就是不甘心，卻不肯去承認，然後，還說那些「留戀」是因爲愛，其實，你是不甘心。

付出了的時間、青春、愛意，換不到對方同等的愛，甚至被拋棄，心中會出現了「我對你咁好，點解要咁對我」的想法，你以爲這樣就可以放下？

不，你更加愛他。

所以，你要把「不甘心」這三個字用力地改變，改變的不是他，而是你自己的想法。那些付出了的青春時間，請當是你一次人生的經歷，別要讓「不甘心去放大你其實很愛他」，總有天你會明白「曾經」兩個字，只會在朋

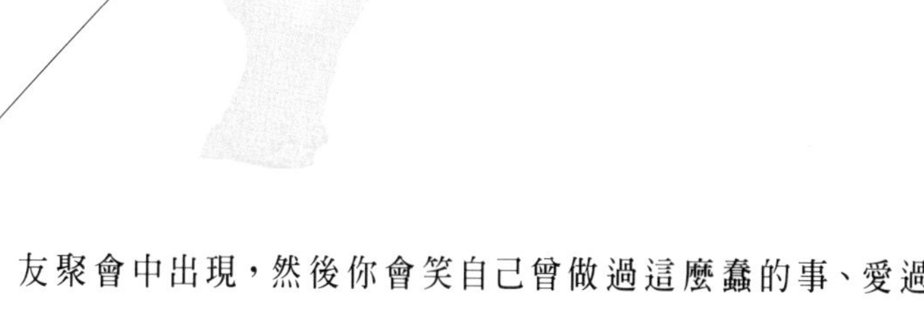

友聚會中出現，然後你會笑自己曾做過這麼蠢的事、愛過這麼壞的人。我肯定，到時你會是「笑著說出來」。

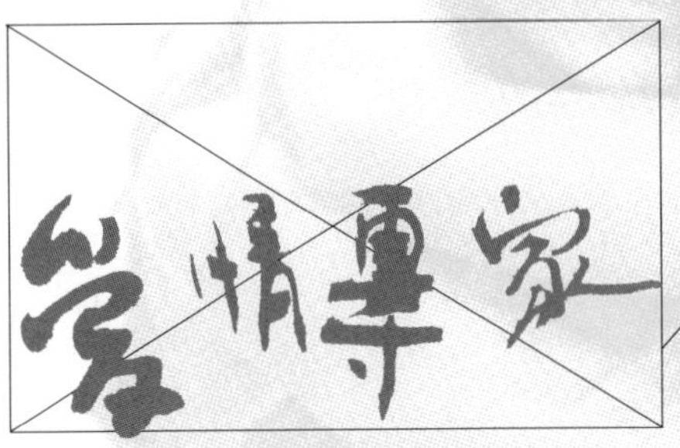

「任何人也懂得安慰你，但想通的只有你自己。」

記得，世界上是沒有「愛情專家」，只會有「你相信的人說出你相信的答案」。

有太多人希望在我身上得到愛情的答案，其實，就是想聽到安慰的說話。有時聽到很蠢的問題，總會覺得：「這樣還要問？」

不過，回心一想，其實有太多人自己心裡早有答案，只是「不肯去承認」罷了。

無論，我最後給你什麼答案，想通的就只有你自己，但願你早日想通，然後走出那個痛苦的經歷。

「如果不能擁有，藏在回憶就夠。」

有些關係……

「是你在乎不在乎你的人、是你考慮不考慮你的人、是你想念不想念你的人、是你選擇不選擇你的人」。

你怪誰？

要病好，先要醒。

我們都被下了「愈得不到愈想得到」的魔咒，而這犯賤的想法，我們都能清楚地跟身邊的好友分析當中的利弊，但當「魔咒」發生在自己的身上時，沒法免疫。

其實，有些人是你沒得到的，而這句說話同時代表了，有些人，你根本並不需要得到。如果你還是沉迷在「沒法得到的人」那一種悽美的感覺之中，你沒法怪對方不選擇你，他已經有了決定而你卻死守在那個自我封閉的牢房之中，是你的問題，而不是他。

記得，要病好，先要醒。

「你犯了法，當然會得到應有的懲罰，但你卻是犯了賤，你在懲罰你自己。」

友篇 · 友情

朋友問我：「噂，即係咁，唔會發生嘅，只不過係打個比喻……」

我：「不如你直接啲講……」

友：「如果我偷食斷正，全世界都與我爲敵，你會點？」

我答了他一個答案。

首先，我們心中想起一個最好最好的朋友。

就用「這個最好的朋友」來做個例子。

我在想，如果是別人「偷食」，當然會大罵他是賤人、仆街，絕不會原諒等等，但如果是自己最好的朋友呢？無論你是男女，如果你最好的兄弟、最好的姊妹出現外遇而被人攻擊，你又會怎樣？

當然，你可能會首先阻止事件發生，但最後還是發生了，朋友還是做錯事，也許罵得最大聲、最徹底的人會是我們自己，但最後，我們就這樣斷絕來往？跟全世界的人一起對付他？

就好像「如果朋友殺了人，而又未被發現，你會叫他去『自首』？還是一起想辦法『埋屍』？」就算他做錯了任何事，我們都會選擇原諒（至少我是），因為我們都懂他，同時，他也懂你，全世界圍攻他／她，然後，我們就立即一起攻擊他？不會，就算他是錯到「離L晒譜」，我罵完他以後，我都會跟他一起想方法「拆掂佢」。

或者，真正的友情，是沒法「中立」，只會有「偏幫」與「盲撐」。

友情這東西很有趣，當你在落難時才會看到「眞正的朋友」，這個「朋友」，未必可以幫到任何的事，但，這位朋友，卻可以是我們一生中最重要的人。

一個能夠「共渡患難」的人。

友：「如果我偷食斷正，全世界都與我爲敵，你會點？」

當時我答他。

「我會先鬧爆你，然後，全世界都與你爲敵，我……會企係你身邊。」

好吧，朋友，我們還是別要做錯事比較好，嘿。

「就算全世界與你為敵，站在你身邊還是有價值。」

「我身邊有好多仆街，但係我哋係好朋友。」

我在想，為什麼？

因為就算其他人說他是仆街，這個朋友也不會對你仆街，而且當你有事時，總會站在你那邊，不離，不棄。這位朋友可能非常口賤，又經常爆粗，但他對你的友情，是真的。

對我來說，這些朋友是「善良的朋友」。

小時候，老師與家人都跟我們說，選朋友要選品學兼優的，遠離那些壞孩子。但我們慢慢長大以後，才發現那些什麼品學兼優的人，才是衣冠禽獸（看看我們的官員），而且非常虛偽；反而，那些願意把真實一面給你看的人，才是最真實的，才值得成為自己的朋友。

要跟一個人「交心」，首先我們不能虛偽，所以，會把最眞實的一面給對方看，我們要明白，愈是眞實愈會說出仆街的說話，如果大家都可以接受，就是成爲「好朋友」的開始。

或者，對「善良」兩個字，我跟世界有點不同，眞正的「善良」，不是全世界都覺得他是「善良」我就覺得他是「善良」，而是就算全世界都覺得他「仆街」，但他對我的友情是眞的，就是我所說的「善良」。

其實，每個人都覺得自己是善良的，也許，其實根本我們兩個都是仆街，才可以成爲朋友呢？嘿。

『就算我有無數敵人，你也選擇跟我交心。』

緣分。

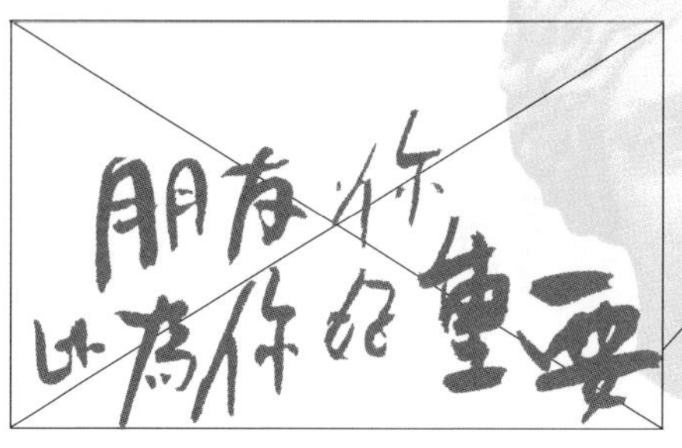

朋友，你真係以爲你對我好重要？你只不過係比我用嚟講女、講仔、講錢、講性、講手袋、講化妝品、講汽車、講手錶、講是非、講星座、講個仆街上司、講個發姣女人、講個人渣富二代、講煩惱、講前途、講理想、講人生……（下刪**1000**字）

就只係依啲，你其實一啲都唔重要，所以你唔洗約我食飯、飲酒、傾心事，我最討厭見面果時，你同我講皮膚差咗、身材肥咗、人又窮咗、女又追唔到、又冇仔溝，好憎你講埋晒啲**Mean**嘢，叫我照下鏡睇下自己個顏樣。

你千其唔好約我，你千其唔好打電話呀、用**WhatsApp**呀，好似有意冇意咁叫我出嚟吹吹水，扮晒有心事咁，因爲我驚我會……

即刻出嚟。

「朋友就是，不用考慮哪裡玩而煩惱，隨便找個地方聊天就好。」

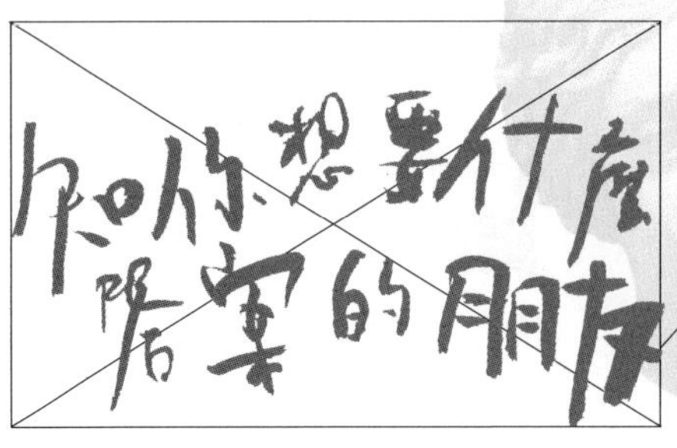

知你想要什麼答案的朋友，要好好珍惜。

當你正煩惱某些事情時，朋友就變得相當重要，他給你的「答案」未必可以解決問題，但至少可以讓你的心煩有所改善。

一百種人有一百種性格，有些人喜歡被罵醒、有些人喜歡聽鼓勵說話、有些人只喜歡分享、有些人喜歡聽不同意見，不同人都有自己的想法，一個懂你的朋友，知道用什麼方法安慰你，儘管，你自己不是一個這樣貼心的人。

沒錯，有時「友情」這東西是很古怪的，你永遠不明白，明明自己是一個「麻煩友」，卻有人願意去成爲自己的朋友，甚至自己的性格「古怪」，朋友依然陪伴在自己身邊。

為什麼呢?都只因三個字「人夾人」。

現在,認識新朋友很容易,不過找到真友情卻非常困難,請珍惜那個還在你身邊的「損友」。

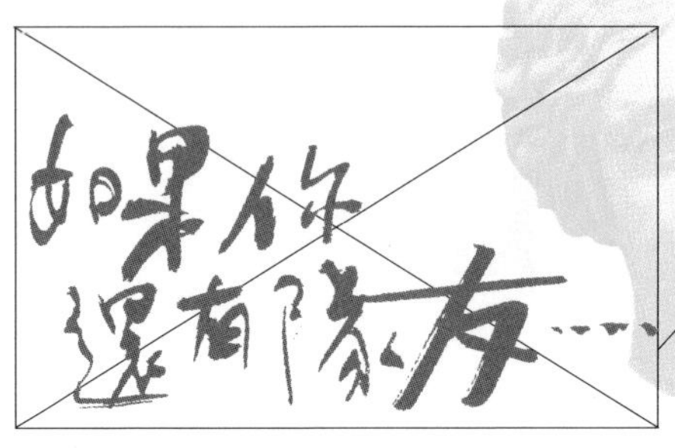

「如果你還有隊友，敬請珍惜與保留。」

好寂寞。

眞的。

以前，一個我可以玩上千小時的遊戲，現在我玩了十小時後……放棄了。

一個人在深夜玩……「好、寂、寞」，那一份熱血的感覺，卻讓我更加寂寞。毋庸置疑，**MH**是很好玩的遊戲，畫面栩栩如生，但沒有朋友一起玩，根本是兩回事。

MHW推出後，我曾**WhatsApp**幾個一起討伐過無數金銀火的隊友，他們的回覆是……

「很忙啊，沒時間玩了！」

有的，已經沒有聯絡。

有的，忙於自己的事業。

有的，已經長大，對遊戲再沒有興趣。

明白的，大家都成為了**「要背負責任的大人」**，大家都有屬於自己的生活，沒有時間是很正常的事，我們已經不可能像從前一樣，玩到廢寢忘餐、玩到通宵達旦。

我很懷念，討伐老山龍時播出那首熱血的主題曲；我很懷念，最初討伐浮岳龍時，不懂打法，幾個隊友「貓車」無數次；我很懷念，自己永遠打不到素材，朋友卻每場都出，自己那一份氣結；我很懷念，一班朋友一起屠龍，一起回憶與細訴我們的過去，有說有笑，聚首一堂很快樂。

所以，我決定買了遊戲，想找回那一份回憶，可惜……太寂寞了。

「你明白其實很喜歡，卻因為太寂寞而放棄，是什麼感覺的嗎？」

或者，你說在網上可以多人連線，不過，已經不是那一回事了。我不認識那些連線的玩家，就算，四個人合作完成任務，也沒有了那一份熱血的感覺了。

很懷念。

真的。

如果你還有廢寢忘餐的心，

如果你還有通宵達旦的時間，

如果你還有隊友……

請好好珍惜這一份，還可以跟你「一起熱血」的友情。

我很羨慕，嘿。

眞的。

「我們在成長中的時期，總要捨棄某一些自己。」

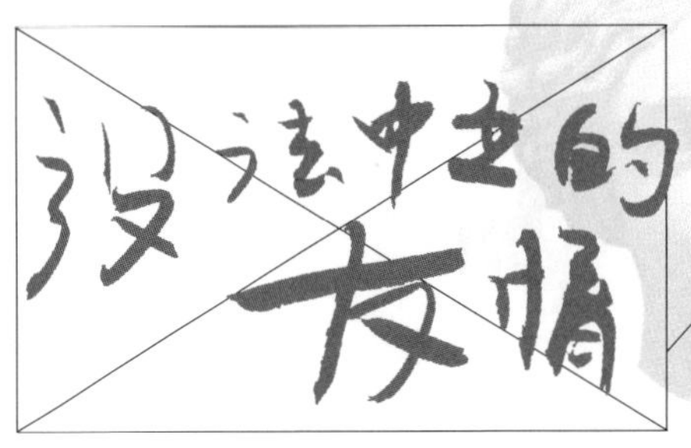

經常有朋友問我一些愛情問題（好像已經習慣了），有一晚，我在分析自己給朋友某些回答，然後我發現……

「根本不是真正的答案。」

因爲我在好友面前，「絕不中立」。

打個比喻，如果你是我好友，你是別人的第三者，我會跟你分析「局勢」，最終目的就是「把你深愛的人搶過來」。又如果，你的愛情之中，伴侶出現了第三者，我會比你更狠地罵第三者是仆街賤貨。好吧，又又如果，你自己出現第三者，我不會罵你，還會跟你分析新歡舊愛的利弊，當然，還會替你保守秘密。

沒錯，完全不能「中立」，壞點說，根本是「同流合污」。我在想，爲什麼會這樣？明明對著讀者與網友的

留言與問題，我可以保持中立，對著朋友卻不能？

因爲……

「你才是我的朋友，永遠站在你那邊。」

就算好友殺了人，如果沒被發現，我不會叫他去「自首」，而是一起想辦法「埋屍」。現在我腦海中，出現了幾個有機會殺人的「殺人犯」，嘿。

「你找到這一個願意跟你一起埋屍的人嗎？」

當然，要找到這樣的朋友，不可能是一朝一夕的事，你們要經歷過很多很多，甚至是討厭過對方，不過，最後你們還是選擇……

「繼續一世成爲朋友」。

HEART
/
TORMENTING

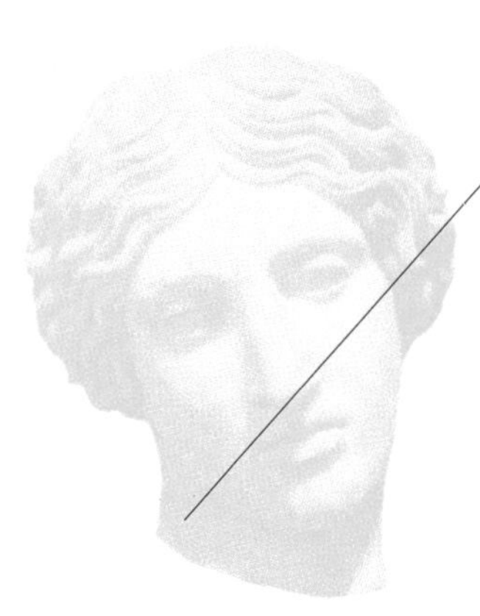

有一種關係叫「羈絆」。

「羈」，代表了束縛。

「絆」，代表了牽絆。

一種在束縛與牽絆之中，卻不能離開的關係，這就是……「眞正的友情」。

「我沒法給你中立的意見，都只因永遠站在你那邊。」

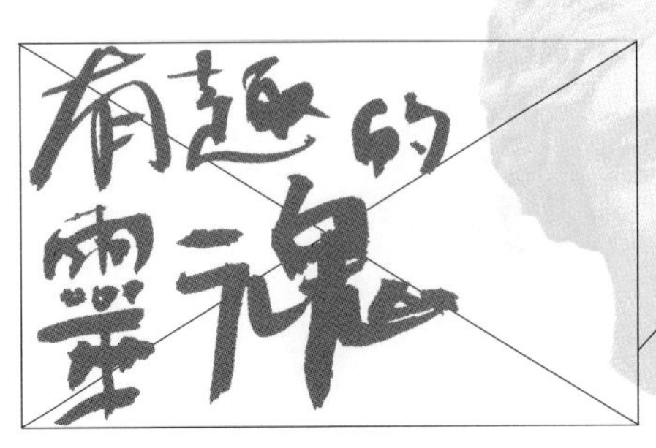

「好看的肉體很多，有趣的靈魂太少。」

曾經在一個朋友的IG上看到這一句，我讚了。的確，有趣的靈魂太少。

「好看的肉體」只要你在IG搜索一下，一大堆肉體給你欣賞，大胸長腿纖腰、雪白皮膚、漂亮臉蛋等任君選擇。大家也懂得營造一個「如何成爲別人喜歡與吸Like」的人際關係。不過，你貼那張吸Like的相片，當中生活過得好不好，沒有人會知道，甚至是沒有人「想」知道，但你「露」得多不多，他們都很想知道。

當然，不排除擁有「好看的肉體」同時也擁有「有趣的靈魂」，不過我認識的有趣靈魂都不會賣弄好看肉體。

這個世界是很有趣的，「咩人就會吸人咩人」，自我修

養這些或者你會覺得根本廢話，但擁有修養才會吸引到更有品質的「同類」。

「寫下現在手機電量，一樣的，交個朋友吧。」

現今世代，「交友」已經變得非常方便，有共同興趣，又或是想走入對方生活圈子的，也不難找到朋友，只要對方有任何的社交網頁，就可以認識到新朋友，不過，「朋友」這個名稱，也因爲如此，愈來愈變得「便宜」。

每天**Like**你的人就是你的朋友？每天留言的人就是你的知己？不會，反而，眞正的朋友才不會經常留言給你，在現實世界就可以跟你說了，何需留言？所以，別要被自己有多少人「讚」而覺得自己很多朋友，他們只是想認識你而不是眞正了解你的人。

眞正的朋友，並不需要太多，懂你的，幾個就足夠了。

好吧，在這裡，你認識到朋友了嗎？嘿。

你有沒有一個朋友，WhatsApp對話時滔滔不絕，然後出來見面又不怎說話？又或是WhatsApp時都只用Emoji符號，當見面時卻滔滔不絕？然後，你就會覺得很奇怪，爲什麼「我認識的他不像我認識的他？」

還是，你也是一個這樣的人？

我在分析這種人類社交行爲模式。

其實，我們已經把現實世界與通訊的世界分得愈來愈開，比如你用得最多的那個「Emoji」表情，在現實生活中你沒法使用這個表情；你對著電話說的那段錄音，只是對著一台機器，而不是對著一個人，慢慢地，我們就失去了與人溝通的能力。

「時代變遷」這四個字，總有得有失，沒有分好與不

好，不過，我們就要知道「我認識的他不像我認識的他」，也許，已經經成正常事了。

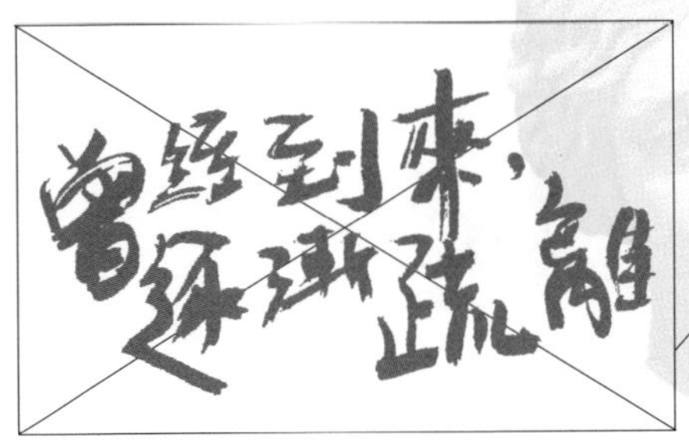

當你已經習慣了有些人「曾經到來，卻逐漸疏離」，你就會明白，這就是一種生活中的「過程」。老實說，沒法怪人，任何關係也好，只要大家有新的生活，就會逐漸離開彼此的圈子，慢慢地，再沒有關係了。

「至少，有其中一方先保持聯絡。」

如果你不聯絡他，他又不找你，在這個人來人往的「關係譜」之中，距離只會愈來愈遠，你看看你手機上的通訊錄，有幾多「聯絡人」已經沒有聯絡就知道了。

前度又好，舊同學又好，舊同事舊朋友都好，如果你不想「逐漸疏離」，就由你先走出第一步，就算最後沒有回覆，也至少，嘗試過不讓關係漸漸失去。

有時，跟舊友坐下來細訴從前，也是一件很快樂的事。

「別要只懂在惋惜，朋友，是要找的。」

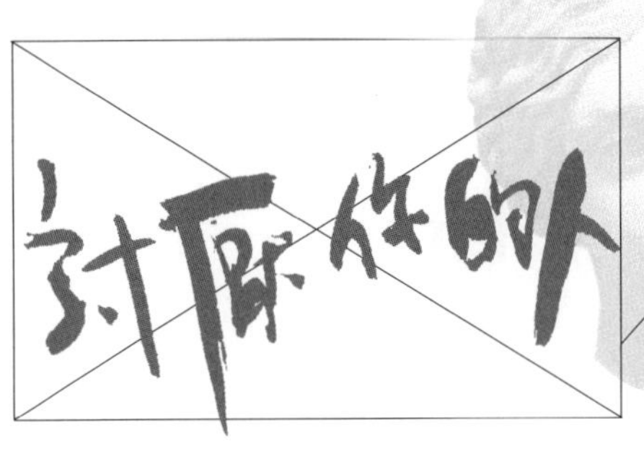

討厭你的人很難會變成喜歡你，喜歡你的人又有機會突然討厭你，所以你太計較就會很痛苦，別要活在別人的目光之中，做一個自己喜歡的自己。

你沒法迎合所有人，就如你會討厭某一些人一樣，或者，根本沒有原因。你有沒有看阿根廷對克羅地亞場波？最後結果是「**0 - 3**」。全世界都說美斯隊阿根廷踢得「屎」，但很少人會說摩迪隊克羅地亞踢得好（踢得認眞好），你就會知道，世界就是這樣，每個人都進入了「憎恨系統」，先會看到「不好」的東西。

當你發現「被討厭」是很正常的事時，你說會有新的「領悟」，你再毋須去討好每一個人，做一些自己認爲是對而不傷害別人的事、做一個自己喜歡而不是別人想你做到自己，快樂多了。

而且那些討厭你的人，自自然然有更多人討厭，
別浪費時間在他身上了，嘿。

「你沒法去迎合每一個人，你就做你最喜歡的身分。」

「每個階段都有當中的美，除非，你討厭你自己。」

不論男女，都會被「年齡」兩個字束縛著，大家都很怕老，怎麼才知道怕？當有一天，別人問你幾多歲時，你沒有說出眞實年齡，你就知道了。

當然，外表會因爲年齡而衰老，不過，如果只是看外表，得罪說一句，眞的太膚淺了。

每個階段，都擁有自己的美，而那一種美，不只是外表，而是「內心」，比如智慧、修養、品味等等，我認識很多比我年長卻依然保存著這一份美的朋友，他／她們的智慧與經歷，談吐與舉止都非常吸引，同時，更是我學習的對象。

美不美的「定義」就如女人化妝一樣，**『沒有醜的女人，**

只有懶女人」，別要討厭你自己，就算幾多歲，依然會有覺得欣賞你的人，比如……我。

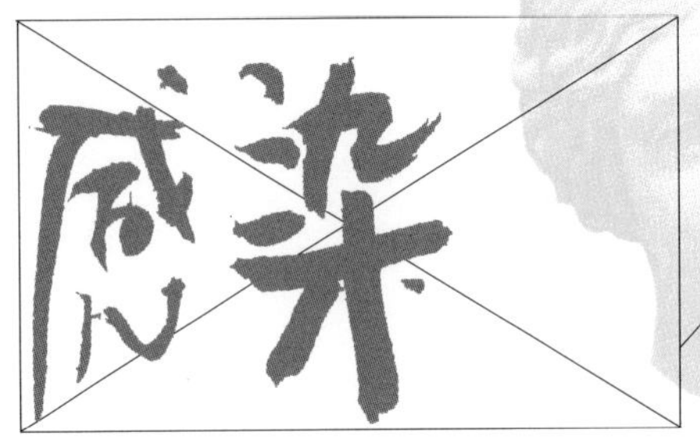

這季節「流感」很嚴重嗎？

對，的確嚴重，不過更嚴重的「感染」，是全年三百六十五日也滋生的……「情緒感染」。

當你罵人的時候，影響另一個人，那個人又充滿憤怒地生活，然後又因爲自己的情緒去罵另一個人，這「感染」不斷擴散，直至一天，終於出現了人命的傷亡，悲劇收場。當「悲劇收場」出現後，不同的討論又再引起罵戰，感染愈來愈嚴重。

在這個地少人多的社會中生活，我們需要的是「禮讓」與「體諒」，**有時候，一句傷害人的說話可能會引致一場悲劇。**我們需要反思，現在的社會變成這樣是什麼原因？其實，我們有很大的責任。

世界上，就只有人類可以打敗人類，同時，也只有人類可以拯救人類。

願安息，願康復，願平安。

HEART
/
TORMENTING

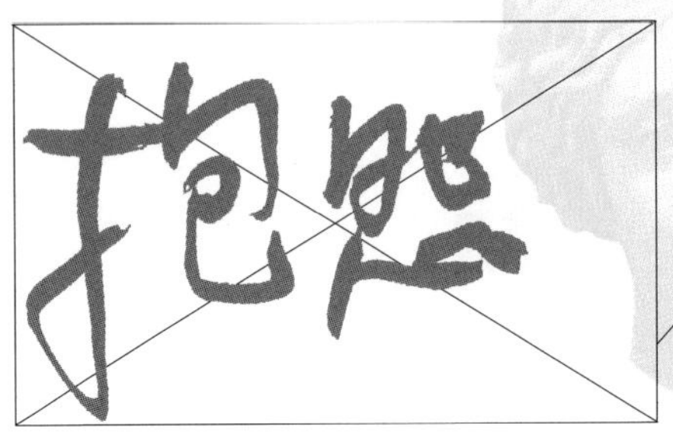

在這城市中生活，負能量有很多種，有一種我最害怕，就是「抱怨」。

抱怨工作、抱怨同事、抱怨朋友、抱怨愛侶，然後，抱怨整個世界。就好像世界要完全跟他走，如果不跟，就是世界的錯。明白的，在這裡生活是相當的辛苦，沒有一件事是如意，不過，有想過嗎？其實不是別人的問題，而是自己？

「抱怨」其實只會讓一個人變得低層次，最重要是一個人抱怨沒問題，問題在會影響到身邊的人，然後，就像傳染病一樣，不斷擴散。

有時，就算生活不如意，卻能夠在其中找到快樂，才是「高層次」。

在世界上，每個人都有屬於自己的角色，絕對不是世界圍繞著任何一個人走，所以，找尋一個屬於自己的角色，好好的生活下去。

「想要快樂生存，盡量別要抱怨。」

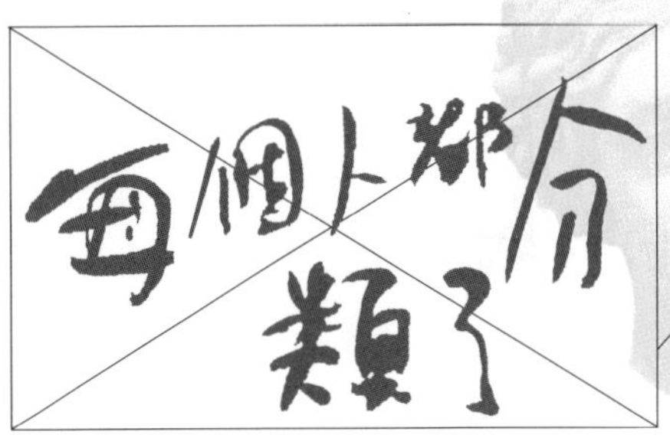

「每個人都被分類了。」

就好像垃圾分類，紙皮、汽水罐、膠樽等等一樣，都會被分類。

我們都很怕被分類到一個自己不喜歡的類別之中，為免如此，我們都假裝成為另一個人，另一個自己。

如果裝得心安理得、扮得理所當然是沒問題的，問題是……

「我們愈扮愈痛苦」。

不快樂的要扮作快樂。

不上進的要扮作上進。

沒品味的要扮作有品味。

沒朋友的要扮朋友很多。

寂寞的扮成一點都不寂寞。

很累。

但是誰說，分類只有這幾種呢？

「每個人都被分類了，但每個人都可以擁有屬於自己的分類。」

其實，世界上有七十億人，就有七十億個分類，你也可以擁有一個「屬於自己」的分類。

「無論是否已經被分類，命運都掌握在你手裡。」

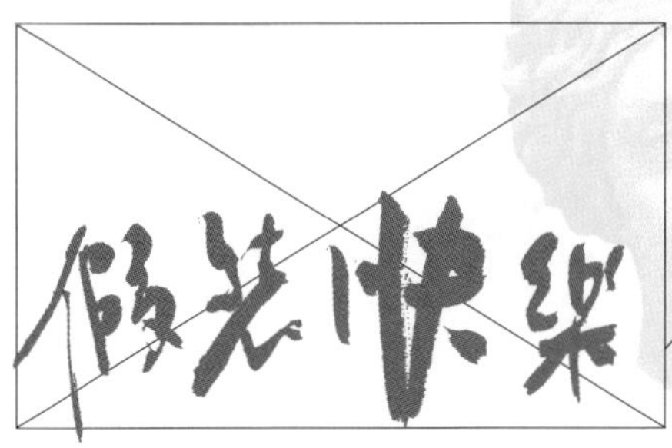

「你一直假裝快樂，不累嗎？」

我知，你有笑，但你多久沒眞心笑過？

「你假裝快樂已經很久了，都是因爲沒人發現你的痛苦。」

是你不想別人發現？

還是你只想你喜歡的人發現？

同時，我們也沒法看出別人的悲哀。

當假裝快樂久了，會很累。

現在，什麼也別去怨，最重要是⋯⋯

「找個快樂的理由。」

或者最簡單的，才是最快樂。

你說「不需要積極面對人生」，好吧，然後有人會說你太過悲觀，教壞別人。

你說「請積極面對人生」，好吧，又有人會批評你，叫你別說些不切實際的說話，不是一句鼓勵別人的說話就可以改變，**OKOK**，你決定不再說話，然後……你變成了漠不關心、冷血的都市人。

無論你說什麼，又或是沒說什麼，最後也不會得到全世界的人認同，這是事實，是「人性」。每個人都有自己的看法，你不可能改變全部人的想法。那怎樣做？

簡單一點，回歸基本，**在不傷害別人的前提下，說你認為是對的說話，做你喜歡的自己，就這麼簡單。**假如，你選擇不想說太多就不說太多；假如，你想鼓勵別人就鼓勵別人，毋須看太多別人對你的看法，因爲，你的目的，就是想幫助別人走出黑暗。

孫隅·先生語

我們的紀念

回憶著作

我們

與我們的同創作

孤篇·生活

講個故事你聽。

眞人眞事。

「約定，我總有一日，妳可以看到作詞人一欄中，寫著我的筆名。」

二十二年前，一個只有十六歲的男生，跟當年的初戀情人說。

……

二十二年前，有個小朋友在一個叫「塡詞市場」的網頁玩玩改編歌詞。後來，出現了沒太多人知的「音樂世界」網頁，網頁當中，男生改編了一百二十七首歌詞。

十三年前，長大後的他，決定參加一個大型的音樂比賽，最後贏得了兩個塡詞大獎。**2007**年**10**月**20**日那個晚上，男生拿起了手上的塡詞獎，振臂高呼，心中很是感動。

他從此一帆風順？

不，才怪。

「根本沒有人找他寫詞。」

這個男生，從來不是一個會「求人」給自己機會的人，「從、來、也、不、會」，他心中想「如果是好，總有人看到」。他的人生中有一句格言「從不強求，要來便來」。

就因爲這非常固執的性格，他的「約定」一直也沒有兌現。

十一年前，他開始創造屬於自己的「小說世界」，時間過得很快，這樣就過了「十一年」。他成爲了全職的小說作家，有些認識了他多年的朋友曾問他：

「為什麼不寫歌詞，放棄了？」

他的回答是：「我從來沒有放棄，只不過沒人找我填，嘿嘿。」

他依然倔強，從不求人。

在**2018**年某天，唱片公司經理人禮貌地問男人：「你出過幾多首詞？」

你猜男人怎樣回答？

他說：「一首也沒出過，但我……寫了五十六本書。」

當時，男人是自信地笑著說的。

他拿著一把「磨了二十年」的刀，自信地笑著說。

2018年，事隔二十年後，他發了一個**WhatsApp**訊息給當年的初戀情人。

「二十年了，我終於兌現承諾。」

故事完結。

……

世界上，有一個奇怪的「定律」。

「有些人走得很快，有些人走得很慢。」

可能你說，只不過就寫了一首「歌詞」，有什麼特別呢？

可能你說，香港還有人會欣賞本地音樂嗎？塡詞還有什麼意義呢？

不，不是這樣的。

我根本不理會有多少收入，有沒有人懂得欣賞，又或者，我一生人中，就只有一首寫上「孤泣」筆名的歌詞，不過，我卻眞眞正正，實實在在……

「用了二十年，兌現了承諾。」

我可以大大聲聲跟任何人說：「別放棄，走屬於你自己的路！」

我用了二十年，兌現了一個承諾，達成了一個心願，你呢？

你還有夢想未達成？

你已經放棄了曾經說過的承諾？

你還是覺得沒人懂得欣賞你？

請相信你自己，你磨的刀，也許「暫時」無用武之地，不過總有一天，你會發現……「沒有放棄，是非常值得的事」。

「就算暫時未達預期，也請繼續相信自己。」

《後來沒有你》

曲|葉肇中　詞|孤泣　唱|蔚雨芯

如果是「大眾財務」結業，我應該一點感覺也沒有，不過，現在結業的是……「大眾書店」。

十一年前，《孤泣情心》在大眾書展面世，當天的記憶依然很深刻。

香港書展大家也許都知道，但大眾書展你未必有聽過。那天，我人生第一本書就放在書展某一個角落，不只是首發，而是第一次上架（當時書店也還未有）。

現場看到很有多棟《孤泣情心》，其實就只有一棟，其他都是我放上去，只有第一本是我的書，下面的是別人的書，我只是想拍張好看一點的相片而已，嘿。當然，拍完後我乖乖把書收回一棟了。

沒錯，「孤泣」就是由這裡開始的。

當年，因爲沒人認識，我走到大埔大眾書局問店員：「請問有沒有一本叫《孤泣情心》的書？」

然後他看看電腦，走了入後倉，把我第一本作品《孤泣情心》拿出來，當時，《孤泣情心》已經出版了一星期，不過「它」還在書店的後倉之中，我有點失望，但又有點高興，因爲我的第一本書，終於……

有、人、買、了！

我想，當年全香港第一個買《孤泣情心》的人，就是我自己，沒錯，我自己買自己的書，當然，收銀的職員，他不知道我就是「孤泣」。

每次出新書，去同一間大衆書局買自己的書成爲了我的習慣，從第一本「倉底貨」開始，我第二本作品《預言故事》終於放在書局最底一層，第三本《電影少年》又放高了一層，直至第四本《戀愛崩潰症》、第五本《人性遊戲APPER1》放到一個水平看到的視線範圍，去到第六本《愛情神秘調查組》，終於放在櫥窗了。

當時我在大衆書局的大門前看到自己的小說，開心到跳起來，眞的，我想我一世也不會再有這一

種快樂的感覺。

我又試過自己扮聲打電話去書局（我也不明白當年為什麼要扮聲，根本就不知道是我），我問有沒有「孤泣」的書賣，然後要職員留一本給我，我只是希望他們會把我的書放在收銀機附近，讓更多人看到。

直至某一年，我又出新書，我又到同一間大衆書店買自己本書，我拿書去付款，然後那個女職員突然問我：「你係咪孤泣？我好鍾意睇你啲書！」

當時我有點「老尷」，怎會有一個作家走去書店買自己的書？不過，我心中是很快樂的。

終於有其中一個書店職員知道我是誰了。

終於聽到書店職員說我的小說好看了。

終於不用扮聲打去書店問有沒有我的書賣了。

終於……「寫到有人認識我了」。

「別要放棄，寫下去」這七個字，一直也是我的座右銘，我一直在堅持，沒想到……

十一年後，大衆書局沒法堅持下去了。

心中的確有一份很「可惜」的感覺，我的回憶、我的事業、我的成就，都是在這裡開始，我的書已經賣到台灣、泰國、新加坡、馬來西亞了，偏偏，在香港的書店，放著最多「孤泣」小說的地方，卻要……結業了。很可惜，我一個人，很努力去寫作，也沒法讓「她」生存下去。

時代不斷地改變，或者，有些東西會慢慢被淘汰，不過，「你」永遠成爲了我的……

「回憶書店」。

每次出街，我都會戴上耳機，播放著自己選擇的音樂，除了是為了走入一個沒有人騷擾到我的領域之外，我還想「脫離」這個世界。只因這個世界，真的很吵。

這個習慣是由細開始的，然後，有些不太熟的同學和同事，經常以為我是一個把自己收藏起來的人，久而久之，我就成為了他們口中的「怪人」。老實說，我在沒有騷擾別人的前提下，走入自己的世界，有什麼問題？小時候，我會因此而不開心，不過，慢慢長大後，我知道了，其實我根本不用介意別人怎樣看自己。

我想不想適應這個世界，是我的自由，每個人都有一個屬於自己的生活方法，如果要我用虛偽的笑容去適應世界，我寧願你叫我「怪人」。

你，也是這樣的怪人嗎？

「不想適應這個世界，如有得罪請勿見怪。」

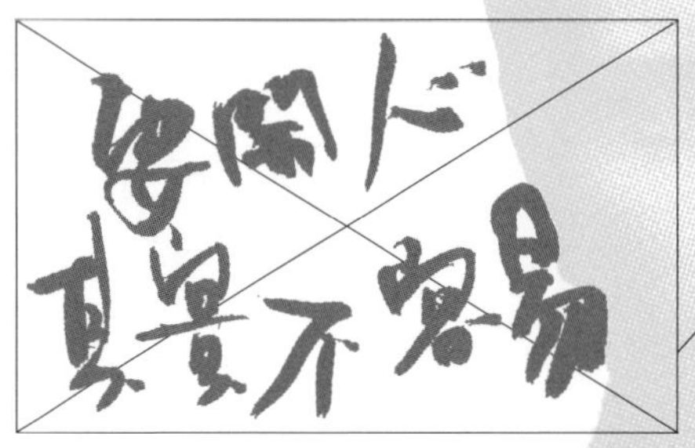

人長大了，就會明白，要活得快樂，其實是一件很難的事。

不是不肯快樂，也不是不想快樂，誰不想開開心心過日子？不過，總是因爲生活中出現不同的煩惱與問題，讓快樂變得非常困難。

我們不是小孩子很容易就得到快樂，我們也不是小動物，吃飽就已經滿足（當然，有些人是），我們要在社會上「生存」，有太多不同的「苦」，因爲，我們面對的不是其他生物，而是「人類」。

你有沒有試過，難得有一天心情非常好，然後，你跟自己說，要記著這一種感覺，因爲，第二天醒來，你又要走入艱苦的生活之中。

當然，我們都聽到很多人說要「快樂地生活」，尤其是某些一人之上萬人之下的人，總是在不同的地方說：「快樂其實很簡單！」

簡單個屁。

當然吧，沒有「生活壓力」的人，絕對可以快樂地生活。問題在，那些住豪宅的人，不會明白住劏房的人，他們要怎樣快樂？一個賺很多錢的高官、專業人士，不會明白那個每天營營役役辛苦工作的人，每天迫巴士地鐵，他們要怎樣快樂？

如果他們明白，就不會說什麼「快樂其實很簡單」的話了。

要開心，其實……「絕對不容易」。

不過，很奇怪，世界真的很奇怪，人類就是會小看

「低層」的人，然後抬高「上層」的人，那些掃地的清潔工人不會被尊重，反而那些有錢人得到的「尊重」更多。

其實，要開心絕不容易，甚至可能是一件最困難的事，所以，我們更加要珍惜「能讓你真心笑、真心快樂的人和事」，在這個可怕的社會之中，我們不容易得到想要的東西，就如電影《淪落人》中，昌榮說的那一句：「人要做到自己想做嘅嘢眞係好難。」

所以，當我們「難得」找到一個可以「讓你開心」的人，不要讓這個人離開你，就算，他不能給你「一世快樂」，至少，他能讓你得到「一秒以上的快樂」。

「要快樂其實不簡單，生活中充滿了難關。」

一起努力，每一位想快樂，卻沒法快樂的人。

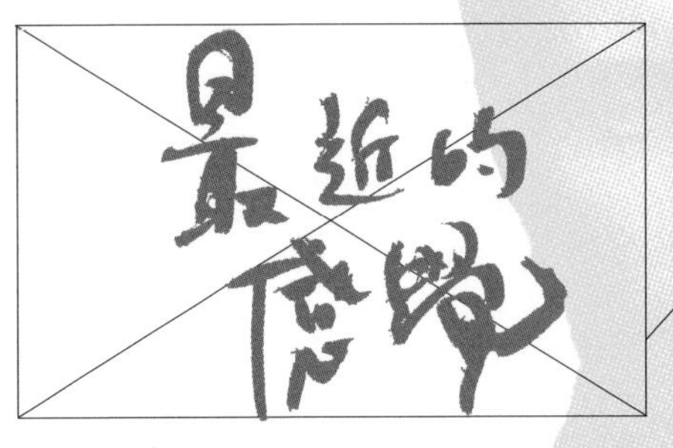

今晚回家時聽著電台，Vani有一句說話「經常努力去鼓勵人的人，其實都想別人鼓勵」，然後，我苦笑了，說中我的心聲。

在香港做作家，有一種壓力，是世界上其他地方沒有的，香港地方細，閱讀風氣也不太盛行，我寫了十年書，但也許還是有人會說：「啊？你是新晉作家？」

上個月整個九月份，直至十月十日，我只放了一日假，就是十號風球那一天，即是四十日來，放了一日假。因爲有貓，而且是幼貓，所以我每天都要回工作室，除了照顧他們，還有是想多見他們多一天。如果你想每天都上班，養貓，嘿。

最近都Post了很多貓貓的相片，當你們都以爲我只是在玩貓之時，其實我已經寫好了《我不想做人2》，然後首本自己出版社出版的《別相信記憶》也完成了一半以上，十月內應該可以寫完，十一月可以出版。

我在努力繼續創作「我的世界」。

寫到這裡，電視正好播放著《已讀不回》，不過這一集已經看過，所以還在寫「感覺」。最近，的確有很多事發生，會有很多擴大「孤泣世界」的計劃，不過，我發現，我最喜歡的是「寫小說」，有時我還會覺得那些計劃非常麻煩，只想交給別人去處理，而我自己就繼續走進我的文字世界。

或者，你覺得孤泣正向著更多方向發展，不過，我認真的說，這不是「最快樂的事」，甚至覺得很煩惱，我最快樂的，其實很簡單，就是一個人靜靜地「寫小說」。

眞的，很快樂。

「我不想掉入現實世界。」

這句說話很矛盾吧?我們不是正正生存在現實世界?剛才,打開電視正播著《再創世紀》,內容就是「有錢人如何成爲有錢人及有錢人如何對付有錢人」,然後就是住大屋、駕靚車,要向上爬,爬爬爬爬爬爬爬……

我覺得有點像樓盤廣告,買大屋有靚景才是享受生活,然後,人們就千方百計去賺錢,內容就是「有錢人如何成爲有錢人及有錢人如何對付有錢人」,然後就是住大屋、駕靚車,要向上爬,爬爬爬爬爬爬爬……

所以你明白我爲什麼不想掉入這個現實世界嗎?

我想保留著「其實簡單就是快樂」的初心。

最近，的確有很多麻煩的事，就如早前微博被盜、工作室加租、**App**被強迫下架、**IG**不能加**Tag**、書被定為二級書、**Wiki**被刪除資料，就連寫入著作也不容許，到現在我也不知道要如何辦，全部都是很麻煩的事。不過，我知道總有一天，這些麻煩的事將會「畀我利用」，然後我會說……

「我曾經也在逆境中努力生存下去。」

我也不知道為什麼要寫這麼大段字，可能是最近我回看我的日記，我都是喜歡這樣寫的。

用文字記錄人生。

「經常努力去鼓勵人的人，其實都想別人鼓勵。」

如果你願意看到這裡的話……

或者，我真的想別人的鼓勵，嘿。

2019年10月

HEART
/
TORMENTING

2017年**10**月**24**日。

這麼快，已經過了兩年，手機換了多少台？男女朋友呢？換了多少個？脫單了？抑或，還是一個人？你沒法放下的人呢？你的夢想呢？你的生活是什麼也沒有改變？還是已經改變了很多？

「你還是兩年前的那個自己嗎？」

這應該是孤泣**Page**其中一個最多人分享的貼文，大家都用文字跟未來的自己說話，兩年後，已經來到了當時想的「未來」，這兩年，你過得好嗎？

有變瘦了嗎？有變健康了？考試成績如果？畢業了？找到工作了？結婚了？幸福嗎？人生過得順利嗎？還會爲那個人流淚嗎？夜深人靜時還會想起那個人？你們還在一起嗎？那個最好的朋友？閨蜜？兄弟？

他們還在嗎？那個不切實際的夢想仍堅持嗎？還是已經放棄了？你還是那個自己喜歡的自己？你還是那個自己討厭的自己？

「兩年後的今天，你快樂嗎？」

我們一路走來，也不簡單，每個人都有一個屬於自己的故事，我們不需要比較別人故事比自己的更美好、更完美，因爲，我們每一個故事故也是……「獨一無二」的，就算，有很多的痛苦、有很多的不順利、有很多的身不由己，你的人生，還是由你自己所寫的，都是屬於你自己。

兩年後「現在」的我，想跟再兩年後「未來」的自己說一句說話。

「所有的痛苦與不順利，總有一天，你會笑著說『已

經過去了』。」

「放心，你可以做到的。」

這個「兩年後」的遊戲還沒有完，因爲你會有更多更多的「兩年後」。在原貼又好、在這裡又好，寫下「給兩年後的自己留一句眞心說話」，在Facebook分享、在IG收藏，兩年後，再回來看看，你還是「現在的自己」嗎？

「縱使我們都沒法不長大，但我們可以把痛苦釋懷。」

H
e
a
r
t

由開設「孤泣工作室」開始，我離開了我的Comfort Zone。

也許對別人來說，我的Comfort Zone可能反而是「地獄」，只因我的Comfort Zone就是每年寫幾十萬字，去創作故事。不過，對我來說，這是最快樂的時候，因為我可以離開這個可怕的世界，回到只屬於我的世界。

經常會有人會問我，為什麼一年要出這麼多書？當你知道，在香港寫作一本小說賺回來的錢，根本不足夠生活，你就會明白我為什麼需要、必要去維持寫作，我們不是村上春樹與J•K•羅琳，在香港寫小說，也不可能像內地那些網絡作家一樣，年薪版稅千萬。在一個只有七百萬人的城市，喜歡看文字的也許不足10%，所以我沒法停止寫作。

不過，這只是其中一個原因，我沒有停下來，是因爲寫作才是我的Comfort Zone，可以完全離開這個可怕的現實世界。

最近，因爲開設了「孤泣工作室」，我走出了這個Comfort Zone。要營運一間公司，就是要走回我最害怕的世界，我是一個喜歡躲在自己世界創作的人，現在需要面對不同的人，最不擅長的事，同時需要營運，所以我非常感激書展來孤泣攤位的每一位，因爲你們確實地幫助我。

我曾經有掙扎過，我還可以繼續走下去嗎？我還要走出我的Comfort Zone嗎？然後我定了一個時限給自己。

一直以來，我跟幫助「孤泣工作室」的員工說：「有兩個字很重要，就是『交心』。」只有這兩個字才可以

讓我繼續在「外圍圈」之中繼續打拼，如果沒有「交心」的朋友與員工，面對著這個「爾虞我詐」的社會，我一定會崩潰，所以「交心」對我來說是非常非常的重要，同時也是我的力量，跌倒後爬起來的力量。

我知道「交心」絕對不是容易的事，不過，請相信我，我的願望還是……

「全部嘅員工，都係我最好最交心嘅朋友，然後……係公司一齊打乒乓波。」

我是認眞的。

我還要走出我的 **Comfort Zone** 嗎？然後我定了一個時限給自己。

給我四年時間。

我要讓其他人知道，就如我寫小說一樣，從來也沒有人會覺得我可以在香港以寫作生存下去，但我做到了，現在也一樣，我要讓更多人知道……

「『交心』的堅持，是值得的」。

那年，上演了《APPER1》舞台劇，我有三句對白，然後，我至少背了二千次。

五場的舞台劇，五場我都說出不同的台詞（意思一樣，但說法不同），這件事讓我領悟到一件事……「有些地方不屬於自己的舞台」。

我可以十分肯定，我絕不適合做演員。

的確，有時我們需要尋找「屬於自己的舞台」，但當我們嘗試過、追尋過、奮鬥過、失敗過，發現自己根本不適合，就請不要強求，不如嘗試去尋找另一個「舞台」，可能會有更好的發揮。

人生，總有一些不是自己強項的領域，勉強未必可以走到自己想到的目標與終點。所以，我決定了，開始我演藝事業生涯同時，我退出我的演藝事業生涯，嘿。

我的「舞台」，還是屬於我的文字與故事。

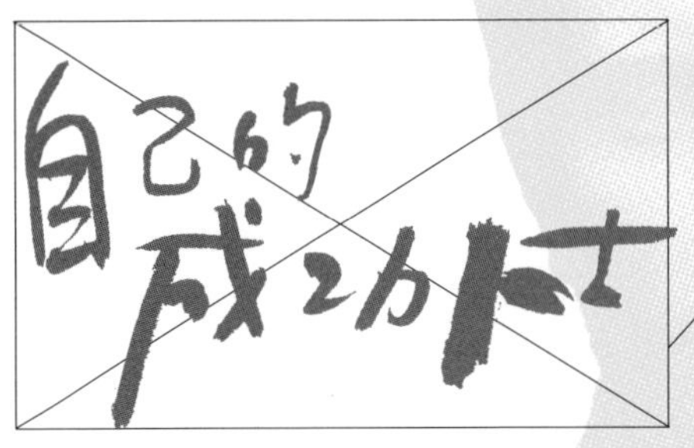

當天完成《戀上十二星座**1&2**》後，又開始寫《我不想做人》，然後，正好收到《**KILLER08**》最後稿件，又是十七小時的工作。

不是一天，應該到六月中也要這樣過，是很辛苦的，不知道你是不是剛起床，但我就還未睡了，不過，「辛苦」但我「享受」。

不知道你明不明白這一句呢？

「你不是不喜歡你的工作，你只是不喜歡你的生活。」

有時，不喜歡自己的工作，就嘗試去找一份自己喜歡的吧，爬也要爬到自己想要的「事業」與「生活」，當然，會很辛苦，但有一天，你就會明白什麼是……「享受」。

辛苦，但享受。

不需要做別人所說的什麼成功人士，只需要做自己想做的「成功人士」，就是成功了。

一起努力。

我人生中，從來也沒試過請兩日以上的病假，這次因為扁桃腺發炎，我請了五日假。

吞口水會痛楚、喝水像被針刺、咀嚼似甩骹，痛苦得我完全沒心情去寫作，甚至做什麼事也提不起興趣。這次生病，我眞的明白了，身體健康比任何的創意、勤力等更重要，因為沒有健康的身體，根本不能集中去完成工作。

然後，我想起了一些長期病患者，他們每天都要跟病魔對抗，那是非常痛苦的事，所有的興趣也沒有動力去參與，也許連走下床也不想，沒有了一個人應有的「生活」。

在此，希望所有的長期病患者，可以早日康復，然後可以做你喜歡的事、愛你所愛的人。不需要富裕，只需要簡簡單單有一個健康的身體，就已經是最幸福的事了。

「願有一個健康的身體，其他的事也再沒所謂。」

那年，孤泣工作室來了一位新員工，不，是新老闆，他是一隻三歲的家貓，他叫「嫁夕」。其實，我一直也想養貓貓，但我不是一個很容易就做決定的人，我會想很多很多，我才不會貪一時的快樂去「領養」，所以遲遲也沒領養。

我會在想，這就是「一世」；我會在想，當他來到十六歲，我到時已經是五十歲，我們會一起生活、一起變老；我會在想，我要讓他得到一世的幸福，要用一世時間，讓他無悔一生；我會在想，當有一天，他要離開之時，我那一種感覺，那一種永遠分開的感覺。

沒錯，我真的想很多很多，但我知道，我的想法不會是「錯」。

但願你也跟我一樣，會想很長遠才去領養小動物。

我不想在此談論「買貓買狗」是對是錯，但……**『領養一定是對』。**

就連打這篇文都是「貓」，你說是不是貓奴？嘿。

我在自我分析這感覺，除了牠們都太可愛以外，最重要是**「人類不會知道貓下一步要做什麼」**，會出現一份期待的渴望，然後就會愈來愈愛貓這一種生物。而且牠們跟狗不同，不會表現出忠心態度，牠們馴服於你之下，都只因「罐頭」。

這一種反叛的情況，反而讓「自虐」的人類，更愛。

當然，在人類的世界，我就是「貓奴」，但在我兩隻貓之間，我就如第三隻貓一樣，有時我也會嬲牠們、生牠們的氣、不睬牠們，這一個月來，牠們開始知道我是公司大股東，牠們也會用盡方法哆我。

沒錯，貓跟人一樣，有時就是要讓他們知道，誰的地位「最重要」，嘿。

不過，無論是怎樣生牠們的氣，最後還是控制不了對牠們的愛。

diagram for photo

lowest energy and then pairing as

size - turn on its point

to draw

the pentagon

highest

situation

are were vertical

HE
TORMENT

RT

ING

H
e
a
r
t

「原來我曾經夠痛，才會真正明白什麼叫痛夠。」

這篇文章是我在六月分對完最後一次稿後，突然想再多寫一篇。

「孤泣」兩個字，我想大部分的人都會聯想到有關「愛情」，而且還是悲傷的，沒錯，對於「愛情」，我的確是一個這樣的人。

在愛情的路上，我遇上過很多人，由邂逅、開始、完結，有著很多不同的痛苦經歷。我不像那些有才能與有能力「幻想愛情」的作家，沒有經歷過就可以「寫愛情」，我的的確確經歷過不同的愛情故事，才去用我的感覺「寫愛情」。

回憶起每一段愛情故事，有很多痛苦的回憶，我相信，直到我死去的那一天，我也不會忘記那些人的樣子、她們給我的感覺、我們曾發生的故事。不過，就算是「痛苦」，我也跟自己有一個「約定」。

那個約定是……「我不會寫下任何一位前度的壞話」。

就算是我寫過的愛情故事，有些是我眞實的經歷，我也從不「醜化」前度。

對於我來說，每一段回憶就算是「痛苦」，也是我的人生經歷，我才不會讓自己的經歷被我自己「醜化」。我愛過的人，無論是因爲什麼原因而跟我分手，我也覺得她們都是我的回憶，我都會「珍而重之」。

「痛苦」不是一時三刻可以忘記，像我這種感性的人，不到三五七年也不能夠釋懷，不過，我可以用「過來人」的身分跟你說，就如我這些人，總有一天，都會笑著去回憶痛苦的過去。

至少，現在我是……

「笑著寫這篇文章的」。

嘿。

『原來我已經痛夠，才會明白真正愛情的感受。』

孤泣字
24/6/2020

MULTIMEDIA

GRAPHIC DESIGN

阿鋒

平面設計師，孤泣愛好者。由讀者搖身一變成為團隊成員之一，期望以自己的能力助孤泣一臂之力。

RICKY

平面設計師，兜了一圈，原地做夢！感激孤泣賞識同時多謝工作室團隊，這團火燒到了我。創作人，路是難行但並不孤單。

阿祖

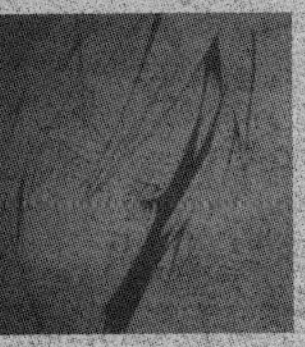

喜歡電影、漫畫、小說、創作，希望替孤泣塑造一個更立體的世界。

ILLUSTRATION

13

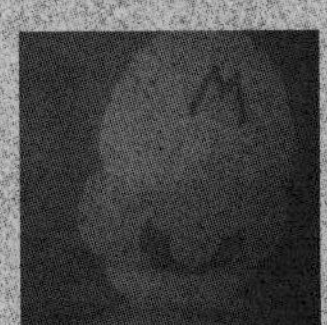

不善於用文字去表達心情，但喜歡以圖畫畫出一片天空，這片天空是無限大，同時存在了無限個可能。多謝孤泣給我機會發揮我自己，而孤泣的小說，是我的優質食糧。

LEGAL ADVISER

X律師

當孤泣問我如何殺人不坐監、未來人受不受法律約束時，我決定成為他的顧問，律師費請匯入我戶口，哈哈。

PROPAGANDA

孤迷會_OFFICIAL

www.facebook.com/lwoavieclub

IG: LWOAVIECLUB

LWOAVIE RAY TEAM

孤泣特別鳴謝出版團隊

由出版第一本書開始，只得我一人。直至現在，已經擁有一個孤泣小說的小小團隊。謝謝一直幫忙的朋友。從來，世界上衡量的單位也會用金錢來掛勾，但在這個「孤泣小說團隊」中，讓我發現，別人為自己無條件的付出。而當中推動的力量就只有四個大字——

「我支持你」

很感動！在此，就讓我來介紹一直默默地在我背後支持的團隊成員。

EDITING

曦雪 WINNIFRED

愛幻想、愛看書、愛笑愛叫的怪小孩，平時所有愛做的都不會做。喜歡寫作卻不會寫，說是因為懂寫不懂作。

現實中Winnifred的化妝師，見證多少有情人終成眷屬。喜歡美麗的事物，自成一角的審美態度：「美，可以是看不到、觸不到，卻能感受得到。」機緣巧合，成為孤泣的文字化妝師。

RONALD

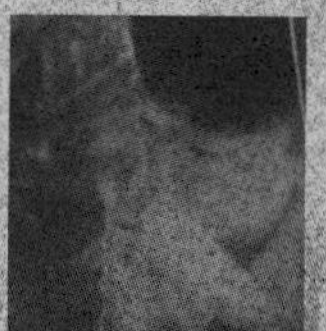

學藝未精小伙子，竟卻有幸擔任孤泣小說的校對工作。可說是人生一大幸運的事。

首喬

卞之琳這樣說：「你站在橋上看風景，看風景人在樓上看你。明月裝飾了你的窗子，你裝飾了別人的夢。」能夠裝飾別人的夢，是錦上添花。

小雨

顧城說：「黑夜給了我黑色的眼睛／我卻用它尋找光明」，願我們黑色的眼睛，不會忘記光明的樣子，不會放棄。

APP PRODUCTION

JASON

傳說中的Jason是以戇直、純真、傻勁加上一點點的熱血配製而成。為了達成為一個小小的夢想，忍痛放棄一份外人以為穩定的工作，毅然投身自由創作人的行列。希望可以創作屬於自己的iOS App、繪本、魔術書、氣球玩藝書、攝影手冊、攝影集、IT工具書等。歡迎大家來www.jasonworkshop.com參觀哦！

I only have one person. Until now, I already have a small team of solitary novels. Thank you for your help. In the

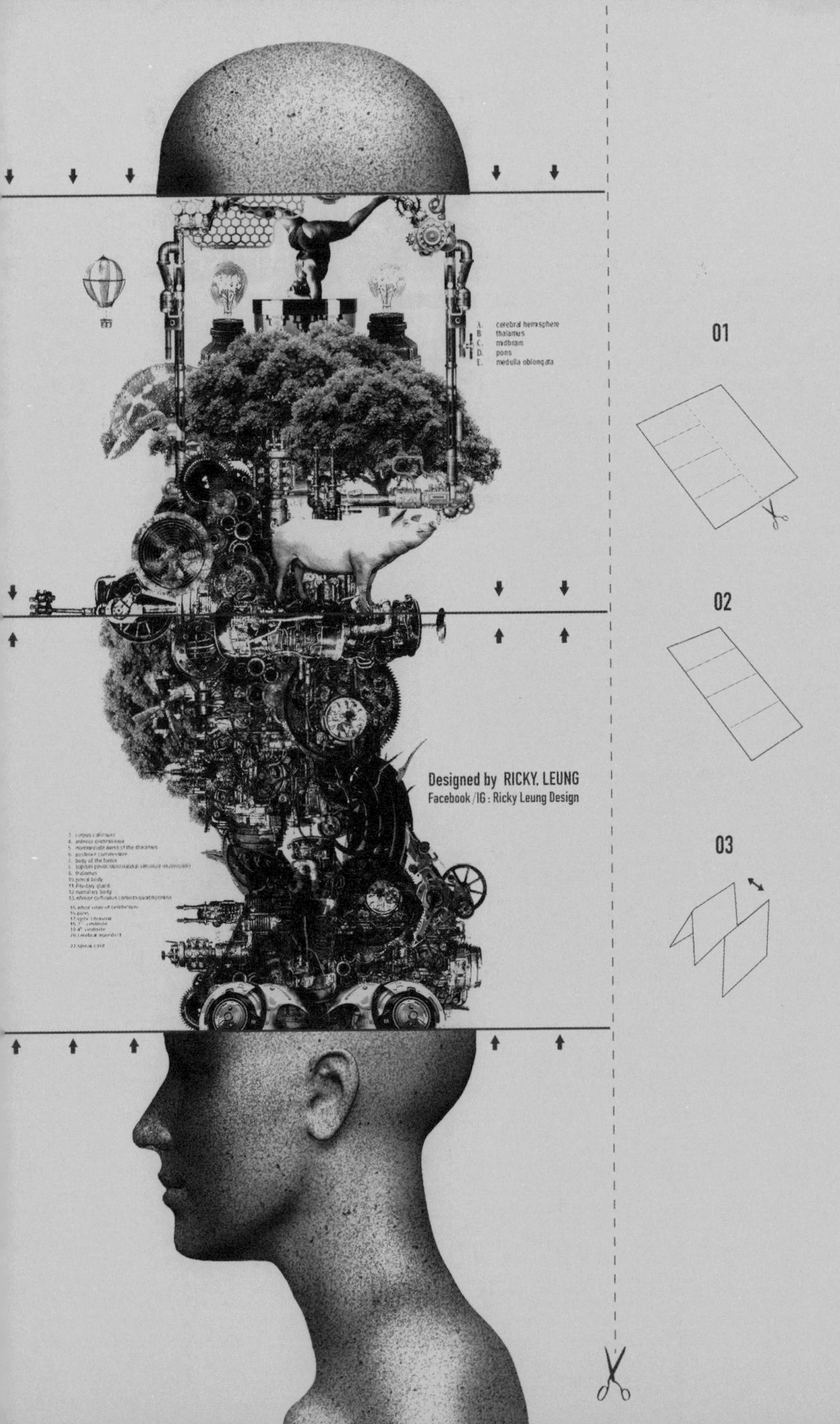
A. cerebral hemisphere
B. thalamus
C. midbrain
D. pons
E. medulla oblongata
Designed by RICKY. LEUNG
Facebook / IG : Ricky Leung Design
01
02
03

孤泣作品
LWOAVIE RAT COLLECTION
11

作者　孤泣

編輯/校對　小雨

封面/內文設計　Ricky Leung

出版　孤泣工作室有限公司
新界荃灣灰窰角街6號DAN6 20樓A室

發行　一代匯集
九龍旺角塘尾道64號龍駒企業大廈10樓B&D室

承印　美雅印刷製本有限公司
九龍觀塘榮業街6號海濱工業大廈4樓A室

出版日期　2020年7月

ISBN　978-988-79939-7-1

HKD　$98